旅人蕉文丛

方寸天地

Fangcun tiandi

朱大路 著

暨南大学出版社
JINAN UNIVERSITY PRESS

中国·广州

图书在版编目（CIP）数据

方寸天地/朱大路著. —广州：暨南大学出版社，2016.1
（旅人蕉文丛）
ISBN 978 – 7 – 5668 – 1615 – 3

Ⅰ. ①方…　　Ⅱ. ①朱…　　Ⅲ. ①散文集—中国—当代　　Ⅳ. ①I267

中国版本图书馆 CIP 数据核字（2015）第 211894 号

···

方寸天地

著　　　者　朱大路

出 版 人　徐义雄
策划编辑　潘江曼　杜小陆
责任编辑　何镇喜　龚莉婷
责任校对　王嘉涵
责任印制　周一丹　郑晓玲
出版发行　暨南大学出版社（广州暨南大学　邮编：510630）
网　　址　http：//www.jnupress.com　http：//press.jnu.edu.cn
电　　话　总编室（8620）85221601
　　　　　营销部（8620）85225284　85228291　85228292（邮购）
排　　版　广州联图广告有限公司
印　　刷　广东广州日报传媒股份有限公司印务分公司
开　　本　850mm×1168mm　1/32
印　　张　7.25
字　　数　181 千
版　　次　2016 年 1 月第 1 版
印　　次　2016 年 1 月第 1 次
定　　价　25.00 元

（暨大版图书如有印装质量问题，请与出版社总编室联系调换）

总　序

　　在酝酿组织出版这套丛书之时，我们取名为"旅人蕉文丛"，意在希望这套丛书像旅人蕉一样，为在求知跋涉中的读者，提供一片心灵遮风避雨的所在，奉献一掬清香的生命之泉，充分释放文学怡情悦性之效。于是，我邀集几位作家、老友，向他们索阅样稿，承蒙他们及时惠以支持，才得以完成这件有意思的事儿。

　　所谓丛书，应该是"文以类聚"，但千人一面，就失之平俗，所选的六本书，力求风格各有侧重，有说文谈史，有杂文随笔，有海外游踪，也有国内见闻，更有历史人物考证，长有韵味，短不谫陋，妙趣横生，"五味杂陈"，实如尝鼎一脔。

　　顾农说文谈史，言近旨远，所写之文多为"自己读书行路的收获和感慨"，他用闲谈式的随笔，将可谈与不可谈之物之事一一呈现，以飨读者。朱大路用"一寸见方"之文，说文表意，唱好了属于自己的"道场"，让遗落在"夹缝"里的题材，经过他的私人订制，成为富有个性色彩的符号。

　　三位女作家的散文，文笔清丽灵秀，情感细腻，别具一格。赵蘅用四弦之琴弹奏出人生岁月的丰富多彩，在记录书写生命故事之时，让我们感悟生命传承的意义，在追问"客从何处来"的过程中，翻看历史，体悟亲情。尤今用洞箫里流出的缤纷色彩将读者带进精神的伊甸园，将所见所闻所思形诸笔端，于轻松的述说中将生活给予我们的启示和教诲娓娓道来。朵拉笔调清新活泼，洒脱的行文中蕴藏着对人生、世态的情感和见解，其自出机杼，独树一帜，这大概就是"六经注我"的精神吧。

在初冬季节，读着出版社寄来的书样，感慨油然而生。读一本好书，犹如拜访一个高尚纯洁的灵魂，与之作心灵的对话，从作家的喜怒哀乐，以及他的取材、他的角度、他的发现，我看到他的快乐与痛苦，了解他的希望，我于是受到启迪，得到智慧，懂得感恩，变得聪明。

南方的冬季，不算太寒冷，找个僻静处，带上几本书，在暖暖的阳光下，静静地、寂寂地读起来，真有羲皇上人的感觉。借此机会，向丛书的作家、教授致以谢意，向出版社的编校人员致以敬意！

但愿这套丛书，受到读者的欢迎和喜爱，以它独到的语言、深刻的哲理、简朴的思想，哺育更多的心灵。

刘克定
2015 年 11 月 27 日

自　序

这是继《乡音的色彩》之后，我的又一本散文随笔集。所收文章，都是我在新闻工作之余，陆陆续续写成的。回首来时路，寻检片片足迹，自有一番滋味。

书名叫《方寸天地》。方寸，既是指一寸见方，言其小；亦是指人的内心，言其深。书中那篇《方寸天地——周志俊素描》的散文，正是讲某位"一溜演员"，一辈子，只演上场几分钟的配角，却一本正经，每次接下角色，都要设想与众不同的"角色自传"，设计独出机杼的"角色化妆"，在极有限的时空里，将角色演绎成不能替代的"这一个"。人家说他"螺蛳壳里做道场"，不值得，他却说自己很开心——希腊神话中，西西弗斯每天推石头上山式的开心。

这种开心，感染了我。

忽然觉得，手中的散文随笔，越来越像"螺蛳壳"了，几笔一涂，就该收尾了，容不得再铺张。即便如此，一个作者，也必须唱好"道场"，忠于审察地球、观照内心的职责，不能因篇幅短小，而窒碍意志之伸展、思想之腾飞。写作时，想一想那位年高德劭的"一溜演员"，想一想他那"不想震天动地，只爱方寸天地"的职业操守，手中的笔，还能漫不经心吗？

另一位感染我的，是郑逸梅先生。

老人家生前住上海长寿路，人也长寿。九十多岁时，皓首辛勤，笔耕不辍——这是我去他家时目睹的。他的成就，是在被别人忽视的"补白"领域，写了一辈子文苑逸事、艺坛趣闻，文字简古纯粹，内容瑰玮可观，替正史补罅漏，让读者广视听，被公认为"补白大王"。"大王"可不是随便封的，需要由聪明的策略来造就。这种策略，或可叫做"夹缝里的成功学"。

是啊，写作要成功，不可能在别人的"戏台"上搭"戏台"，只能是在别人的"夹缝"中搭"戏台"。写散文随笔，就是要寻找"夹缝"，让遗落在"夹缝"里的题材，成为你笔下富于个性色彩的符号——现如今，这叫"私人订制"！

继我的《乡音的色彩》之后，此书依然讲究一个"闲"字，所以开头便是四篇《闲居时的断想》。全书篇目，辑为"闲居所思""闲笔所绘""闲情所寄"三块，无非是让分类显露一点构思。不论是对家国民生、历史烽烟，还是对传闻逸事、雕虫刻篆，总要闲得下心来，才能铺采摘文，引申触类。闲居，只能是退休后的专利，但"闹中取静"的活法，在我，倒是一以贯之、心向往之的，所以书中有些篇章，虽是壮年、中年之作，却也多少能瞅见一点忙忙碌碌中的闲情逸致。约30年前，与上海"白云观"道士的交往，又让我对"人能常清静，天地悉皆归"的箴言，作了一回哲学上的仰视。

零思碎想，在此一吐。并借纸端，向刘克定先生聊表谢忱，是他的热心，促成了这套丛书的面世。

朱大路
2015 年 1 月 30 日写于上海

目　录

辑一

闲居所思

闲居时的断想（之一）

一

让文笔蘸满逻辑，是思想家的本事。让文笔蘸满形象，是文学家的本事。让逻辑载着形象一路小跑，是房龙的本事。

在这位荷兰裔美国人的笔下，逻辑有如美国的铁路，绵密规整；形象有如荷兰郁金香的花骨朵儿，饱满突出。

其实，房龙真正的本事，是用逻辑和形象阐述了两个字：政治。

二

他用逻辑，阐明了罗伯斯庇尔——"在他认为的一切美好事物中，自己是完美的化身，是有思想的狂热者，所以不可能承认其他不够完美的人有和他生活在同一星球的权利。随着时间的脚步，他对罪恶的仇恨与日俱增，甚至到了致使法国濒临人口灭绝的边缘的地步。"

他用形象，刻画了"雅各宾派"——"它与检察官并肩而坐，穿着无产阶级的裤子，梳着罗伯斯庇尔的发型。"

罗伯斯庇尔的发型，象征着罗伯斯庇尔的政治！

三

政治当然包含敌对思维。尤其是战争——这最大的政治。

两军对阵，各自在战壕内，把枪瞄准对方。假如有这样一位仁兄，跳出战壕，奔向对方，喊着"啊，我亲爱的弟兄"，想友善地拥抱对方，那对方肯定会毫不客气，用一梭子子弹，打他七八个窟窿。

如此看来，这位仁兄有点傻。

四

罗伯斯庇尔拒绝当这种傻子。他把政治演绎成了"恐怖政治"。

从 1793 年 7 月到 1794 年 5 月，他把恐怖作为保护自己的工具，他宣称"没有恐怖，美德就是无力的"。成千上万人受诬告，被捕，上断头台。"革命法庭"剥夺了他们上诉的权利。

罗伯斯庇尔演绎政治的结果，是结束了自己的生命。

如此看来，罗伯斯庇尔也有点傻。

五

都在跋涉历史，都在演绎政治。

"政治上去了，生产也上去了！""政治上去了，业务也上去了！""政治上去了，科研也上去了！"

这是上海滑稽戏《出色的答案》中一个造反派头头在"文革"时的口头禅。讲着讲着，这个头头的词汇不够用了，干脆拖长了声音，含含糊糊地说："政治上去了……嗯嗯……也上去了！"

1978 年，我与报社的一位老编辑同去看这出戏。从剧场出来，他就在我面前，模仿那句含糊的话，还笑个不停。我也凑趣儿，于是两人异口同声，拖长了声音说道：

"政治上去了……嗯嗯……也上去了！"

六

"政治上去了"的年代，政治是暴风，是惊雷，是酷热，是峭寒，让普通人心存畏惧。"政治上去了"，人性的尊严就跌下来了。

七

政治的尊严，与人性的尊严，应该是统一的。前者保护了后者，后者支撑起前者；前者能诠释后者，后者能印证前者。

八

从白领阶层的职场政治，到听证会上的民主政治——政治显示了其无所不在的广泛性。

从罗伯斯庇尔的发型，到曼德拉的眼神——政治显示了其由恐怖到宽容的进步趋向。

政治可不可以变得平和一些、亲切一些？政治能不能像阳光、空气、水分那样，被我们随时感知、与我们随时交融、供我们随时应用？

九

一位教授，在杭州南湖边，罚自己爬行一公里。他不是在玩，也不是为了博人眼球、做广告，而是因为他输了——他预言"2013 年里，除了民族区域自治的地方外，其他所有省市会实现县乡级公务员财产公示"，结果预言落空，所以履行"爬行一公里"的"赌约"。

此事被视为"政治日常化的另类表现"——"若预言实现，国家治理更上层楼"；"若预言未实现，亦足以表达于国是的关切之意"。（见史哲文章）

于是结论出来了："政治也可以很轻松。"

十

一位企业家说：“我们只讲商业不讲政治。”

对此，某市一位公积金中心主任议论道：“不谈政治是你的自由”，“如果想谈却又不敢谈，就容易让人看轻了。你们起家时有几个没靠过当时还算不错的政治？今天政治到了改革的‘深水区’了，你就怕了？”

顺便又叮嘱一句：“政治，谈的人越多，或许改革得好些；不敢谈的人越多，或许改革得就恶些。”（见周洪来信摘登）

于是结论出来了：“谈政治没啥好怕的。”

十一

“政治也可以很轻松”和“谈政治没啥好怕的”——这两种声音，先后发自今年的同一份报纸。

我拿起报纸，还读到了其中另一句话：政治“应该是温情的，恰如我们的体温，这才是合适的”。

对政治的演绎，浑涵于字里行间。

十二

老朱我的体温：37℃，正常。

我很想在这气候宜人的季节，泡一壶茶，边品茗，边与人交谈，话题便是：那脱离了神秘的、犹如我体温一般的、具备日常色调的政治。

闲居时的断想（之二）

一

历史不会"以纯粹的形式存在着"——爱·霍·卡尔说——历史是"现在跟过去之间的永无休止的问答交谈"。

历史总是被现实不断问责，现实总是对历史感到遗憾。

问责有什么用？遗憾有什么用？当现实不知不觉变成历史时，又是新一轮问责，新一轮遗憾。

二

在童年托洛茨基眼里，父母"对待雇工并不比别的雇主更坏"。而在别人的童年，看到的情景"还有比这更悲惨的"。然而，起来铲除"社会不公平"，成为革命家的，恰恰是托洛茨基，而不是别人。

"因为"后面不一定跟着"所以"，所以世界才因为有了这种"因果不相连"，而显得耐人寻味。

三

合作关系，可以双赢；敌对关系，也可以双赢。

托洛茨基本来姓"勃朗施坦",为逃离西伯利亚流放区,在革命同志给他的假护照里,他偷偷写上监狱中看守他的一个狱卒的姓名,并冒充这个狱卒,越狱成功。该狱卒的姓氏就是"托洛茨基"。

结果,"托洛茨基"这四个字,青史留名。

革命家托洛茨基的留名,是艰辛所得。狱卒托洛茨基的留名,是坐享其成——人世间的不劳而获,莫过于此。

四

托洛茨基送给齐夫一幅画,上面题写着:"没有行动的信仰是死的信仰。"

有没有人送给托洛茨基一幅画,上面题写着"屡屡碰壁的信仰是需要反思的信仰"?

五

普列汉诺夫与托洛茨基一样,都是富于想象力的作家,都是机敏的辩论家,言谈举止都有舞台效果,都充满自信。然而当托洛茨基初露头角,被人称为"天才",而普列汉诺夫的光芒逐步减弱时,普氏就"绷着脸,转到一旁说:'我永远不会饶恕他这一点。'"

普列汉诺夫的理论代表先进,普列汉诺夫的胸怀却代表落后——"梁山泊"王伦式的妒贤嫉能!

理论的先进,并不能保证个人品质的先进。而个人品质的缺陷,却会给先进理论的声誉带来损害。

世上不少悲剧的产生,与此有关。

六

1923 年,苏维埃政权成立之初,百废待举,托洛茨基却"把大部分假期都投入在文学批评上"。他写文章,讨论今后的伦理与文明问题，研究如何杜绝"俄语中的骂人话"。

他说："俄语中这两股骂人的语流——脑满肠肥的老爷、官吏和警察的骂人语流和人民大众的饥饿、绝望和备受凌辱的骂人语流——将整个俄国生活涂上了一层可鄙的色彩。"

他认为：俄罗斯母亲精神上的落后并不亚于她的经济落后。

衡量一场革命是否成功的标志之一，就是看它是否能唤醒对人的尊严的日益尊重，是否能在全社会培植起高雅、优美的人性。

只可惜，托洛茨基此举，当时在苏联，不被人理解；往后在别处，也不被人理解。

七

15 年后，俄语中的"骂人话"，融合成"可鄙的模式"，在社会上泛滥。"大清洗运动"中，连首席检察官都这样骂被告："你这笨牛、蠢猪养的！"最高法庭庭长也这样宣告："枪毙这批疯狗！"

43 年后，汉语中的"骂人话"，融合成"可鄙的模式"，在社会上泛滥。"文化大革命"中，人们这样使用语言："砸烂×××的狗头！""油煎×××！""火烧×××！"

八

萧伯纳如此评价托洛茨基——"像莱辛所说的那样，当他砍下对手的头时，把它举起来，让人看到头颅里没有脑子，但他却不伤害他的牺牲者的人格。……他使他的牺牲者的政治声誉扫地，却让此人保全面子。"

然而，托洛茨基自己的结局却是——被人从背后用冰镐砍中头颅，夺走生命，又被伤害了人格，政治声誉扫地，面子也全没了。

可爱带来可悲，难道是书生的宿命？

九

早在 1904 年，托洛茨基就准确地预言了从"集中制"到"个人独裁"的具体演变途径；早在十月革命刚取得胜利之时，他就准确地预言了资本主义的衰落并不意味着这座大厦就要轰然倒塌；早在希特勒上台之前，他就准确地预言了其纳粹本质和将给人类带来灾难。

伊萨克·多伊彻说："托洛茨基具有第六感官。"

依我看，与其说他"具有第六感官"，倒不如说他具有某种"高度"——"他的生活使他升华到如此的高度"，"任何人间的力量也不能使他离开这个高度"。

占据着这样的"高度"，还有什么能逃脱他的视野？

（注：文中有关史料，均引自《先知三部曲》）

闲居时的断想（之三）

一

人类建造的高楼，既可能毁于"9·11"那天的飞机，也可能毁于"9·11"之后的提款机。

戴维·卡勒汉在《作弊的文化》一书中披露说，世贸大楼相继倒塌时，信贷联盟的"提款机"联机失常，"无论存款总额高低，会员想提多少就可提多少。风声走漏出去之后，会员争先恐后去提款。多达 4 000 名会员的提领总额超出存款"，"有一名会员在 9 月下旬至 10 月中旬使用提款卡超过 150 次"。信贷联盟寄信催讨，仍有 1 500 万美元无法追回，只得报警处理，"逮捕了数十名嫌犯"。

人类出现危机，不能怪飞机，不能怪提款机，只能怪自己。

二

文化在起点上就作弊，使作弊形成一种文化。

"距离世贸大楼留下的柏油坑不远处"，戴维·卡勒汉说，"有一所高中"，"整个校风绕着作弊打转"，"超级聪明的学生有如太阳，作弊的行星则绕着这颗恒星团团转"。为了在赢家通吃的社会中考入名校，"学校不太培养求学好奇心，一味专注在成绩上"。

这样的学校太多，竟使戴维写了整整一章。

我们习惯于埋怨身边的猫腻，殊不知，远在天边的同样暧昧。

我曾写诗说："啊，起点，你最公道，人们平等地站在你这里，各就各位，预备——跑！"

现在，只得改成："啊，起点，你有蹊跷，人们平等地站在你这里，各怀心思，预备——偷跑！"

三

从《南方周末》得知：美国有个"羞辱项目"网站，其性质"极左"。

为了铲除"资本巨怪"，该网站把他们认定的"资本走狗"的相片，挂出来"游街示众"，并自撰这些"走狗"的"罪行条文"，公布揭露"罪行"的大字报（他们自称为"报告"）。

这种"大字报"，比中国当年的大字报，传播得更快、更广。

"极左"不是某几块国土的"土特产"，"极左"是人类天性中的寄生物，不管在地球哪个角落，只要一有适当的温度，它就会从人性的"盒子"里，堂而皇之地爬出来。

四

从理论上推算，"极左"不喜欢孔夫子。

比如，孔夫子说："己所不欲，勿施于人。""红色高棉"则是："己所不欲，偏施于人"——

男女之间谈对象，由组织安排时间地点；择妻时如个人无合适者，由领导指定；结婚后，新婚夫妇度过"蜜周"后便各自回到自己的工地或村子，彼此间不得通信，一年中只有两次相会，每次45天。①

最近，乔森潘、农谢坐在受审席上。不知法官是否抬出孔夫子的话，给他们洗洗脑子？或者追问一句："你们的老婆是组织分配的吗？"

五

9岁女孩意外打死教练的"枪击案"，搅乱着美国人的心。

枪能打死人，控枪有利于社会治安——这是一条普世价值。但是，"美国可以改变许多事情，却改变不了枪支法"。

普世价值一旦遇到"利益牵扯"，只好乖乖让路，变得毫无价值可言——这会不会也成了一条"普世价值"？

别再"自我神圣"了好吗？在对"普世价值"喊"Yes"或者喊"No"的时候，最好看一下自己的"臀部"：有没有夹着"利益"的尾巴？

六

从得克萨斯州出来的那位美国前总统，绘画艺术进步得真快，色彩、线条、勾勒技巧，越来越逼近专业水平。他的闲情逸致，让人想起三个字：淡定哥。

我却纳闷：面对今天伊拉克的一派乱象，他内心不起一丝波澜？那支描红涂绿的笔，怎能如此轻巧，一点也不抖颤？当年不顾全世界

---

① 引自王爱飞：《波尔布特》，北京：中国文史出版社1997年版，第139页。

反对，闯进去打了再说，一句"误信了情报"，够用吗？

对"西方人有深深的忏悔意识"一说，本人表示深深的怀疑。

七

据说，男人移民有八大好处：大男子威风摆不起来了；一身官气消磨得差不多了；再阔的身价也知道收敛了；吃吃喝喝再也没啥机会了；和大陆红颜知己都失联了；洋妞辣妹面前知道自卑了；各类爱好被消磨得差不多了；家里杂事知道自己动手了。

结论："要改造男人，移民是个最好的方法，没有之一。"（引自加拿大《环球华报》文章）

谢天谢地！国民性的改造，总算找到唯一最佳的途径——移民！这倒也省力，只需打点行装，走出国门，男人的素质立马得到整体提高，于是女人的幸福指数随之上升，社会和谐从天而降。

建议：国与国之间互相移民，实行史无前例的"大对调"！

八

法国前总统萨科齐说："自由资本主义终结了，万能权威的市场也终结了。"

史蒂夫·福布斯等人反问："资本主义真的是一无是处吗？"并以"重新审视资本主义""资本主义是否道德"等一系列研究课题，证明了资本主义目前的生命力与市场的合理性。

前者的话，符合其个性——心血来潮，率性而说；后者的话，也符合其个性——冷静思索，执着探讨。

否定，是省力的，宣布一下"终结"，就拍拍屁股走人。肯定，则要花力气，拿出证据来，拿出理论来，拿出方案来。

别以思维的偏执取胜，别以调门儿的分贝争强。20 世纪在这方面留下的鉴戒，多了去了。

闲居时的断想（之四）

一

雍正十二年三月的一天，俞鸿图的末日来临了。

这个河南学政，因牵连泄露考题、纳贿营私一案，被腰斩；斩为两截后，上身仍有知觉，手蘸着鲜血，在地上连写七个"惨"字，然后痛苦地死去。雍正得知惨状，遂下令废除"腰斩"酷刑。

据说，这是野史的记载。正史——《清史稿·世宗本纪》却是这样写的："戊戌，河南学政俞鸿图以婪赃处斩。"既没说"腰斩"，也没说雍正废除"腰斩"。

二

野史为何要如此"撒野"？

谁知道呢？

反正，这样一来，客观效果便是留住了"痛点"，突出了"痛点"，加深了"痛点"，把"痛点"最大化了，让人们提到俞鸿图，立马想到七个血淋淋的"惨"字所传达出的"痛"。

三

这是"痛点思维"下的一种演绎。

然而，离历史远了点，离文学近了点。

四

人类真聪明，"痛"也可以拿来做发财的催化剂。

从网上发现，"痛点思维"时髦起来了，在生意场上被尊崇为一门学问——

企业要推销产品吗？你必须戳中消费者的"痛点"："给用户感觉，不来购买你的商品就会痛，会在错过之后感叹'啊！多么痛的领悟'。"

甚至，"找痛点是一切创新的基础"，"要想找到用户的痛点，必须像脑残一样思考"——有位署名"金错刀"的作者，这样写道。

"脑残"恰恰是"智略"啊，为了让企业获取利益最大化！

五

但有时，找到了"痛点"，也未必能创新。

一位到某市打拼的晚期肺癌患者，为了让妻子落户该市，解决妻儿的生计问题，用狂吃药来延续生命，从患病至今，已坚持了 30 个月，远超同类病人的生存时间。但距离报户口的日子还有一年多。他不敢死，每日用 24 粒吗啡硬撑着！

可怜啊！这位患者已让自己的"痛点"最大化了，但除了免费给他发放止痛药，整个世界束手无策。

人类早已能登月了，对攻克癌症却无创新。医生们总该有点志气好不好？总得来点突破好不好？总要努力成为当代"华佗"好不好？而不是满足于每天上下班、发发"止痛药"！

医学界的"痛点"越低，医学才能越进步。

六

难道老天爷不认可"痛点思维"？不然怎么会在 4 月 13 日这一天，让两位坚持"喊痛"的重量级作家相继离世？

呵呵，君特·格拉斯！爱德华多·加莱亚诺！

七

君特·格拉斯说："作家就其本义而言，是不能把历史描绘成太平盛世的，他们总是迅速揭开被捂住的伤口。"揭开伤口，当然痛。格拉斯在不断"喊痛"，把"痛点"最大化。

格拉斯在"关闭的大门"背后窥视，发现"食品柜"里有"吃剩的骨头"，发现有人贪吃"神圣的乳牛"。他乐于与失败者站在一起，评点历史进程。

他用作品，让大家记住德国纳粹带来的历史伤口，从而引导德国走上正路。其"痛点思维"，意旨明确。

八

爱德华多·加莱亚诺说："拉丁美洲是一个血管被切开的地区。"切开血管，当然痛。加莱亚诺在不断"喊痛"，把"痛点"最大化。

加莱亚诺的灵感，来自每一天在路上听到的许多声音。他所描述的，是拉丁美洲屈辱的过去。他的笔，一直在鞭笞"向穷人开战"的"罪恶世界"。

他用作品，让大家记住拉丁美洲被殖民化的历史伤口，从而呼唤这片土地走向独立、富裕。其"痛点思维"，取向清晰。

九

留不住他俩的肉身，但愿留住他俩的"痛点思维"。

十

面对同一种痛楚，人的"痛点"有高，有低。

有人直陈痛感，有人含蓄暗示，有人用"笑点"化解"痛点"。

在满世界絮絮的声音中，有位资深翻译家说："我们这一代人的'痛点'比较低，对别人见怪不怪的事情总觉得触动、愤慨、忧心忡忡。不好的事情，既然我看到了，就没法视而不见、不说出来。"

满头白发，没让她的"痛点"萎缩。

这让一头乌发、浑身找不到"痛点"的人，心生羞愧。

十一

一位老杂文家说：杂文，是"喊痛"的文字。

1987年一个秋高气爽的日子，我接过老一辈编辑手中的专栏，开始编杂文，一直编了二十年。我发觉，从天南地北涌来的杂文，都没有吟风弄月、歌莺舞燕，而是寻找各种"伤口"，诊治各种"伤痛"，让失忆者恢复记忆，让麻木者有点警醒。

哦，什么叫"喊痛"，如何来"喊痛"，我渐渐地，总算弄懂了！

在美国读《论语》

于丹讲解《论语》，反响不一，但能让大家提起兴致，去钻研"孔学"，总是好的。譬如这回，我去美国，随身的书，只带了一本《论语》，就是想在西方最现代化的环境里，回望一下中国最古老的思想。

越回望，就越觉得，孔夫子深邃，中国文化源远流长。

放下《论语》，忽然想起，若干年前，那个"用中国文化拯救全人类"的命题。对这个命题，季羡林先生投赞成票，李慎之先生投反对票。1997年秋，我在北京，采访李慎之先生，他说："季羡林讲人要与自然做朋友，中国人最能做此事，中国文化才能拯救全人类。他这种观点，信徒很多。其实，'天人合一'是指人的道德觉悟直通于天，良心通天。至于环球保护，纯粹是近代科技问题，要靠外国的先进技术。"当晚，我给季羡林先生打电话，问他能否针对这些不同意见写文章辩论。季先生很大度，说不想写文章，让别人去说吧。

季先生，李先生，都是学者。学者之论，既高且深，常人难以置喙。我只能就近取材，谈一点在美国读《论语》的感受。

比如《论语》中，孔子提出的一个口号——"君子周急不继富"。意思是：君子应当救济那些急需资助的穷人，而不应去接济那些富人。子贡问："如有博施于民而能济众，何如？可谓仁乎？"孔子回答："何事于仁！必也圣乎！"把救济贫苦百姓的人直接呼为"圣人"，是孔子对"仁"的诠解。

我在美国，到过六个州，适逢这里经济不稳，油价飙涨，房市崩跌，各种费用节节上涨。加州部分城市甚至流行住在车里，以省房租。

但报纸上说："日子不好过，爱心不打折。"单是去年全美慈善捐款，总金额便超过 3 000 亿美元。比尔·盖茨退休，宣布将 580 亿美元财产全数捐给慈善事业，不给子女留分文。有消息说："不少中国富豪羡慕有余，自愧不敢与盖茨的豪气相比。"

我想，盖茨未必听说孔子有过"君子周急不继富"的训示，也一定不会因为他老人家颁布了评"圣人"的"职称标准"，才去"博施于民"，争当一回"圣人"。至于奥巴马的竞选口号"富人增税，穷人减税"，更像是"君子周急不继富"的现代版，但也没有听说奥巴马与他的竞选团队是从《论语》里汲取灵感的。

再比如，孔子说过："君子之于天下也，无适也，无莫也，义之于比。"对这句话，历来有多种解释，我取一种，即君子对于天下之事，没有规定一定要这样做，也没有规定一定不能那样做，而是怎样做符合道理，就怎样去做。

我在美国西部气候宜人的硅谷，住了半个月。谷歌的王勇博士，用纯正的普通话告诉我，他们每周可利用一个工作日做自己的事，自己决定今后的研发方向。也就是说，上面没有规定所属员工，一定要这样做，一定不能那样做；而是鼓励大家，怎样符合道理，就怎样去创新。

谷歌今日之辉煌，可歆可羡。但谷歌的决策者、工作人员，包括王博士，事先未必读过《论语》中"义之于比"这段话。他们的路，是自己走出来的。

展开来讲，美国社会，只要遵守法律，按规定纳税，则经商、从教、发财、做学问，尽可按"怎样好，就怎样做"的原理，去自由地进行，没有"一定要这样，一定不能那样"的框框，颇有点孔子"义之于比"的神韵。但他们似乎并未受过孔子的调教，当然也无须"孔学"去拯救。

至于《论语》中，孔子家的马棚失火，孔子退朝回来，先问"人伤着没有"，而不问马如何，这种人本思想，在美国人中，也常有体现。他们该不会是听了"马棚失火"的故事后，才去提升人本意识的吧？

我们这辈人，再注意养生之道，也活不到21世纪末，无法知道21世纪内，中国文化是否能拯救全人类。作为中国人，为自己国家的文化感到自豪，完全应该。但摆平一下心态，也很要紧。不要轻易搬出"拯救"两个字，好像这世上，总是谁在教化谁，谁在滋润谁。各国、各民族的人，大家都食五谷杂粮，都有过感冒咳嗽，都会"吃一堑长一智"，都能独立地形成普世价值观。这些价值观，相同，相似，并存，互补，交相辉映，不存在谁拯救谁的问题。说"拯救"，有点一厢情愿。

灯下的思维

一

我坐在灯下，读报。

报上说，《百家讲坛》最近遇到困境：四大名著，唐诗宋词，正史野史，该讲的几乎都讲到了，还能讲什么呢？……一个话题，翻来覆去地讲，反反复复地重播，观众难免会烦。而这跟主讲人的外在形象、语言感染力无关。这些被《百家讲坛》栏目捧红的"学术超男超女"们即使想救主，可也是无能为力，因为内容没有出新。

二

我坐在灯下，读书。

书上说，率领太平军造反的洪秀全，"留给后代一个'不应当这样干'的难得的标本。可惜，这个标本却长期被误读。很有几分像《红楼梦》里的风月宝鉴之被正照"。"几十年来，顶着连他自己做梦也没想到的光轮，被美化、被歌颂，以至于没有深入揭示他留下来的教训，这真是历史和历史论著的双重迷雾。"（引自潘旭澜《太平杂说》一书）

三

我坐在灯下，茫然。

一边在说：该讲的历史几乎都讲到了，翻来覆去，内容没有出新；一边在说：历史和历史论著存在双重迷雾，某些标本长期被误读，需要辨别、澄清。

既然有存在争议的历史，需要触及，需要展开，怎么能说历史已被讲完了呢？

同一片蓝天下，人们的心并不相通。

四

太平军造反，是不是历史？是正史，还是野史？如果不该讲，那么请问：什么该讲，什么不该讲？

马克思说过的，该不该讲？《太平杂说》一书中，引用了马克思的两段话：

太平军除了改朝换代以外，他们没有给自己提出任何任务……他们给予民众的惊惶比给予老统治者的惊惶还要厉害。他们的全部使命，好像仅仅是用丑恶万状的破坏来与停滞腐朽对立，这种破坏没有一点建设工作的苗头。

显然，太平军就是中国人的幻想所描绘的那个魔鬼的 in persona（化身）。但是，只有在中国才能有这类魔鬼。这类魔鬼是停滞的社会生活的产物。

五

现在的《百家讲坛》，十分热闹。

拣年代久远的讲，拣买了"综合保险"的讲，拣热热闹闹、无伤大雅的讲。

就像有些文化散文，漂亮，精致，潇洒，但外面围着三道安全系数。相比之下，我更愿意读读粗实的杂文。因为杂文敢于拨乱反正，杂文具有"风险美"。

"风险美"应该是"杂文美学"的一个范畴。"风险美"也应该是《百家讲坛》上，对"学术超男超女"的一条评选标准。

《百家讲坛》的主讲人想救主，真的"无能为力"了吗？

六

2001年夏，在北京西部的"盘龙山庄"，第二届"鲁迅文学奖"散文杂文初评会议上，我听到一位权威的老作家说："假如没有别的因素的话，潘旭澜的《太平杂说》是应该评上奖的。"

因为世上没有"假如"，所以该书没有获奖。

与"学术超男超女"的热闹、风光相比，潘先生的"风险美"是寂寞的。

七

但潘先生甘于寂寞。他知道寂寞是因为有价值。据说他讲课时，两手常常对称地朝讲台上一撑，形成一个稳稳的等腰三角形。他有一种定力。

可惜，我与潘先生缘悭一面。我17岁时经过复旦大学教师集体宿舍门口，看到门上写着他的名字，没见着他；55岁时收到他签名的《太平杂说》，也没见着他；当我59岁时，终于见着他了——是在他的追悼会上——我向他三鞠躬，他却没有反应了。

烧

一堆枯叶，一把明火，浓烟勃然而起，枯叶倏而成灰。每回秋暮，倚窗凭栏，就可以俯视到楼下大院焚毁枯枝败叶的情景。

烧得多快，烧得多彻底。

关于"烧"，《史记》是这样写的：

秦始皇时，"天下敢有藏《诗》、《书》、百家语者，悉诣守、尉杂烧之"，"令下三十日不烧，黥为城旦"。

而项羽呢？"烧秦宫室，火三月不灭"，致使宫殿之类"皆以烧残破"。

两位是冤家对头，见解却很一致：一烧百了，"金木水火土"中，火是最迅速、最彻底的剿灭手段。

这种见解，过了2 100多年，仍有市场。在"火烧""横扫"之类的动词突然吃香起来的那年，我们《文汇报》所在的上海圆明园路（北京圆明园也和"烧"结过缘）上，堆放着成千本所谓的"旧书"，炎炎火势，席卷而去。烧者和观者，雀跃以待，天真得类乎看万花筒的儿童。

天真，是一幕让人看不懂的剧。但看得多了，也能明白点什么。1967年初夏，我在北京，采访诗人闻捷。一个多小时的命题谈话结束后，他站起来，送我出门。

"你人怎么长得这样高？"他问我。

我想，时间紧迫，"人高"就不谈了，还是谈谈他的作品水平之高吧，我应该趁此机会，表示一下对他诗歌成就的敬意，他是我在学生时代就十分崇敬的作家。

"您的《天山牧歌》《复仇的火焰》，写得好，我读过。"我说。

"我那些诗"，他摇摇头，"都要烧掉的！"

我顿时生起一种悲凉感。过了好久才想到，闻捷或许是受了郭沫若影响，说要烧掉自己的著作；抑或是一种防御手段，在不熟悉的初访者面前，借以保护自己。后来他又活了4年，好像并没有烧诗的举动。

我没有读过戴厚英的小说《诗人之死》，但闻捷之死，给她留下的抹不去的痛，是可以想见的。闻捷用"烧"字，筑一道安全屏障，可最终，还是没能安全，种种凶险，逼得他毁灭了自己，走进无边的黑暗。

我的工作，与"烧"字还有过另一种联系。1990年，溥仪夫人李淑贤，托人送来她的文章，是写溥仪在"文革"初期，因害怕而烧掉自己的日记，李淑贤在旁看着可惜，不让溥仪发觉，悄悄把一部分日记从火中抢救出来，从而保存了末代皇帝新生以后心路历程的实录。

我读着，觉得溥仪固可同情，而李淑贤更属不易。面对一片烧得通红的火光，不怕烧身之虞，敢于拯救"遗产"，真是有眼力、有魄力。

我隐约感觉到，此文在外地发表遇到阻力，才被千里迢迢送来上海。我决定帮忙，于是替文章改了个题目——"末代皇帝的最后遗产",刊登于《文汇报》。后来,李淑贤托便人到上海,送了我一本她签名的《溥仪的后半生》。再后来,我到长春参加会议,与一批杂文家参观溥仪当年的"伪皇宫",偶然听人说起,李淑贤对文章能见报,很高兴,说是"出了一口气";同时,她对标题的修改,也颇满意。

我庆幸自己没有埋没好文章。它以熠熠之光,照出一行铭文:火能烧掉许多东西,却烧不掉人的良知。

在霍桑的"字汇"里

一样劳动，两样待遇，难免让人不平不满。

侦探小说，便有这种遭遇。名曰小说，却被看成"旁门左道"，被撇在文学史的外面。20 年前，范伯群主编的"中国近现代通俗作家评传丛书"中，理直气壮地替侦探小说正了名。于是乎，程小青笔下的侦探霍桑，又神清气朗，站在大家面前。

范伯群说："霍桑这一形象及其品质，有许多值得称举的地方。"还列举了霍桑的话："希望是同呼吸一起存在的""绝望的字样在我的字汇中是没有的"，以为佐证。

那么，霍桑的"字汇"里，究竟有些什么字样？我们且以《案中案》这一小说为例，来解剖麻雀。小说开头，是女医生朱仰竹被黄丝带吊死在一扇后窗的铁横条上。警察厅探长汪银林断定，是美术学校学画的女子沈咏秋，以为朱医生要夺走自己迷恋着的帅气画师薄一芝，而受妒焰刺激，设计行凶；同谋者，便是薄一芝。

于是，我们来瞧瞧霍桑是如何施展其看家本领的：

"由表及里"——这是霍桑"字汇"里常有的字样。当汪银林鲁莽地拘捕薄一芝后，霍桑却从表象——薄一芝竭力替沈咏秋辩护，以及死者衣袋里薄一芝给她的信的措辞，迅速抓住本质——薄一芝是有人格的男子，不是"佻猥的无赖"，更不是凶手。因此坚持要汪把薄一芝放了。

"想过一想"——也是霍桑行之有效的字样。他从朱仰竹的皮包在地板上留下的两粒泥点，思索出：薄一芝的同学、行为不端的急色儿孙仲和，有重大作案嫌疑。

"采证审慎"——霍桑相信刑事心理学权威葛洛斯的观点：采取眼见证人的证语有特别审慎的必要。因为人们在匆忙或无意中所感受的印象，事后回忆，往往会把黑衣说成青衣，胖子变瘦人。因此，他把朱医生的仆妇蔡妈提供的模糊见证给否定了。

"忌用刑讯"——突然，孙仲和也被人杀死了。当他的包车夫林根"咬着嘴唇"，拒不提供死亡真相时，汪银林想叫他"吃几鞭再说"，被霍桑制止。

"独立判断"——当汪银林断定，孙仲和家的老仆陆全，是杀死孙的凶手时，霍桑并未听从，而是独立作出了符合事实的判断：真正的凶手是孙仲和自己，他是看了妻子谴责他外遇太多并与他拗断的信之后，服安神药水自杀的。陆全得知孙仲和想糟蹋有医德的朱医生不成，杀害了朱医生，因而义愤填膺地替朱医生复仇；但陆全行刺的是孙仲和自杀后的尸体，这从孙的背部伤口外面丝毫没有血迹，可资证明。

一桩扑朔迷离的案件，就这样被霍桑侦破了。

我读了《案中案》，联想起如今河南省赵作海一案。1998 年 2 月，河南商丘某村民失踪，后来挖井时发现一具无头尸体。公安机关把同村村民赵作海作为嫌疑人拘捕。赵作海受不了刑讯逼供，多次作了有罪供述，被判死刑，缓期两年执行。2010年4月，失踪者突然归来，让村民们吓了一跳，真相浮出水面。赵作海被无罪释放。

我突发奇想：假如当初请霍桑来侦办此案，会怎样？

第一，他会细心地寻找蛛丝马迹，对井里发现的无头死尸，从不同角度去分析，确证是不是失踪者的真身；第二，他对被告人，不会罚跪、不给饭吃、铐在床腿上、长时间不让睡觉，不会用枪敲其头砸出血来，使之胡乱吐出供词；第三，他不会盲目服从刑警队头头脱离实际的指令，而是遵循孟老夫子"思则得之，不思则不得也"的古训，用脑子"想过一想"，然后再行动；第四，当没有发现真凶，而所有的疑点都不足以构成对被告人定案的充分依据时，他不会为了交差，去牺牲被告人的自由，而会释放被告人，犹如在《案中案》里，他果断放掉薄一芝那样。

结束幻想，来看现实。近日，我读到某报前些时候专访河南省高院院长张立勇的"对话录"。其中讲到，赵作海被无罪释放后，当时履新不足4个月的张立勇登门道歉。张氏说："我去问他（赵作海），你怎么在监狱里11年都不喊冤叫屈？他回答，我如果喊冤、不服判，那我一辈子就出不来了，我认罪悔过都是为了减刑啊！只有尽快出了监狱才能申冤。我当时听了很心酸，明明不是他杀的，他还要悔过、服判……案卷里除了他的名字是真的，证实他犯罪的所有证据全都是不可靠的。"

张氏又说，最近，河南的法院，又在"没有发现真凶"，"亡者没有归来"的情况下，以证据不足为由，对"承诺"判死刑、结果关了12年的"杀人"嫌疑对象李怀亮，宣告无罪。

这是司法的觉醒——用无辜者的鲜血、眼泪、惨叫、妻离子散，换来的。

只可惜，程小青 1976 年去世了。假设他能活到今天，我猜想，以他的毅力，很可能会将"霍桑探案"系列写下去。霍桑的"字汇"里，一定会注入时代元素，出现新的字样，比如张立勇所反复强调的"无罪推定""疑罪从无""打击犯罪、保障人权并重""不枉不纵""杜绝冤假错案""纠错""乐见批评""买单"（不能拿公民的自由和生命，为证据不充分、事实不清楚来买单）、"心酸"（见到人权受侵犯而心酸）等。

文学推动生活，生活也推动文学。

1965 年的话题

史学家写史，与文学家写史，总归不同，一路走去，不但步步要考据，而且攻瑕索垢，剖璞呈玉，态度冷静端方，不要浪漫脾气。这就使读者，觉得可靠、放心。

但有时，上挂下连，生发开去，疑问免不了还是有的。

这一回，因为我要写点东西，同明朝有关，便研读起吴晗的《朱元璋传》。吴晗治明史，据说开初还是胡适的主意，觉得明朝离得近，年轻人治研，相对容易些。吴晗听从建议，取得成功。《朱元璋传》，便是其四易其稿，汇聚了 20 年心血写成的。

书中第 272 页，写翰林院编修张某，因说话出纰漏，被贬作山西蒲州学正。后来写庆贺表，有"天下有道""万寿无疆"字眼。朱元璋记得张某的名字，发怒说："这老儿还骂我是强盗呢！"便新账旧账一块算，把人抓来当面审讯，说："把你送法司，更有何话可说？"面对如此严峻场面，张某说："只有一句话，说了再死也不迟。陛下不是说过，表文不许杜撰，都要出自经典，有根有据的话吗？天下有道是孔子说的，万寿无疆出自《诗经》，说臣诽谤，不过如此。"朱元璋被顶住了，无话可说，想了半天，才说："这老儿还这般嘴强，放掉罢。"

张某有胆量，有策略，敢在朱元璋面前，援用朱元璋的话救自己。张某捡回了一条命。

史料是真实的，引用是完整的。我的疑问也来了，像冰冷的雨点，滴溜，掉在心头——吴晗写到了张某，可吴晗自己，为何不学学张某？1965年，姚文元发表文章，批他的新编历史剧《海瑞罢官》，给他扣上吓人的帽子，推到类似张某的地步。一般人不知晓张某，也就罢了，吴晗摘引过史料，应是记忆犹新的；为救自己，他至少该套用张某的话，这样讲："只有一句话，说了再批判也不迟。最高领导前几年不是说过，要宣传海瑞的刚直不阿的精神吗？我是遵照这个精神，才编了历史剧《海瑞罢官》的。说我影射，不过如此。"

似乎没有材料证明，吴晗去向最高领导作过类似口头的辩白，包括书面的。假设，辩白过，又怎样？我们只知道，历史是走了后来那条路的。

姚文元批《海瑞罢官》的文章，发表于1965年11月10日《文汇报》。那时我已进《文汇报》，在农村搞"四清"。11月10日，正巧回来休假，走到二楼楼梯口的评报栏前，看见这篇文章下面，插着两面纸做的小红旗。那时，每日评报，评上好文章，可插一面旗；至于插两面旗，极少有，因为这等于告诉人们，这是一篇特佳文章。从评报栏，转个弯，走十来步路，便是总编辑陈虞孙的办公室。陈虞孙脸色严肃，不苟言笑，使我辈年轻人，心存敬畏。姚文元这篇文章，什么来头，别人不清楚，陈虞孙也不会随便说。当然，对批判吴晗，正直的陈虞孙内心是不愿意的，但那年代，除了签字照发，他又能说什么？北京拒批《海瑞罢官》，上海《文汇报》却开了第一枪。

　　如此想来，将 1965 年的吴晗，与明朝的张某，放在一起评估，说吴晗缺少张某自救的勇气，实在是苛求吴晗了。吴晗比起张某，背负着更重的担子。他面对的是一个时代，江青等人在打着红旗反红旗；他面临的是"全民大裹挟"，就连评报的人，也只有众口一词、插两面红旗的自由，没有了解发表背景的自由，谁若写文章商榷，对不起，一概被网住，扫荡！吴晗何尝不知，应当追问一下政治诚信问题？（"政治诚信"作为名词，在 1965 年前后，似乎未见流行。但意思差不多的词语，是有的，比如"说话算数"——展开来讲，便是：说话要算数；出尔反尔，不算数，说它干吗？）但时代容不得他这样去问，他凭自己的人生经验，无法解答从天而降的难题。他 1964 年写《朱元璋传》自序，说"我所拥有的知识还是很有限的"，到 1965 年，这种"有限"就被证实了。

　　1965 年，风调雨顺，吃穿不愁，但 1965 年的话题，却显得沉重。那一年出生的婴儿，到如今 2005 年，已届不惑之年。怎样做到不惑？就是要增长知识。我们总该有些长进，才对得起 40 年来，一日三餐的白米饭。譬如，既懂得，保持知识分子独立、坚定的灵魂，像萨义德所说，"在心灵中保有一个空间"，"能对权势说真话"；又懂得，知识分子的地位是脆弱的，不能脱离时代真实，给他们压过重的担子，像俄罗斯哲学界有些人，反思苏联历史，把兴废隆替、精粗美丑，什么样的责任，都推给知识分子承担，仿佛苏联历史，是由知识分子掌控的历史，这就让人掉进雾中，不明所以了。

人　话

一

人说的话，不一定就是人话。人话，是站在人的角度，替人着想，符合人性的话。

二

今年元旦，我待在家，闲着没事，拿起《赫鲁晓夫回忆录》，最新出版的，随便翻翻。

此公被挤轧出克里姆林宫后，又活了七年。赋闲之躯，被无边的寂寞，惆怅，包围了。据说寂寞能让人冷静，冷静能催人思索，那么思索呢，自然而然，能益智了。

他回首往事，说了一些话。

三

先是对《日瓦戈医生》。

这部小说，表现了旧知识分子的命运。作者帕斯捷尔纳克希望能在苏联国内出版。管宣传的苏斯洛夫不同意，结果小说在国外问世，还评上了诺贝尔奖。群众受到煽动，在作者家门前示威，丢石头，打碎玻璃窗，喊口号，要将作者赶出苏联。作者迫于压力，拒绝领奖；不到两年，忧愤而死。

赫鲁晓夫回忆说："我认为，在事情发展的那个阶段，除了苏斯洛夫而外，没有一位要人读过那部小说。我连苏斯洛夫是否读过都表示怀疑……我没有读过就相信了，就采取了对于创作者最有害的行政措施。""正是这一禁令带来了诸多祸害，给苏联造成了直接损失。"又说："不能以警察的方式去给创作者下判决书。""我在此类问题上不该支持苏斯洛夫的。对作者承认与否，就让读者去决定吧。"

有人问到他与苏斯洛夫一起共事，干吗要忍耐，他说："此话不假，是我错了。"

四

接着是对索尔仁尼琴。

赫鲁晓夫当初支持了索尔仁尼琴的处女作，描写劳改营生活的《伊凡·杰尼索维奇的一天》的发表。他下台后，该小说被批，作者也被作协开除。

赫鲁晓夫回忆说："索尔仁尼琴并无任何罪过。他发表自己的意见，写自己的经历，写个人对于他在劳改营里打发日子的那种条件的评价。……如果他写得不好，人们就不会读他的作品。如果他是诽谤，那就应当追究责任，然而是以法律为准绳。看来是无须追究，是害怕真理。这里同事情的艺术方面毫无关系。他享有我国宪法载明的言论自由和出版自由。""主要的评判人是读者，也就是人民。"

五

然后是对抽象主义，对艺术上的时髦。

赫鲁晓夫回忆说："抽象主义并不是艺术中的新流派，它早已存在，早已有一部分知识分子反对这个流派。""我过去和现在都从内心里反对文学、绘画和雕刻中的此类流派。然而这还说明不了任何问题。不能用行政警察手段来反对创作知识界中出现的问题，无论在绘画、雕刻还是在音乐方面都不行！"

他说："女孩子一度都穿短裙子。后来又出现了长长的连衣裙。音乐艺术和其他方面的时髦也在起变化。对这种变化应当更加宽容。""一定要更加大胆地为创作知识界提供发表意见、行动、创造的机会。创造！"

六

赫鲁晓夫口授这些话后，没几天，心肌梗死，撒手西去。这姗姗来迟的话，于作家何补？于艺术家何补？说了也是白搭。

但晚说总比不说强；说"我错了"，总比文过饰非，硬撑着不认账，找理由辩解，来得好些。

赫鲁晓夫是有争议的人物，做过许多错事，出过许多洋相，说过许多官话、套话、屁话。但凭良心讲，上述这些话，是用人的语言说的话，是维护人的利益的话，是人话。

赫鲁晓夫的细腻

赫鲁晓夫此公，被世人评价为"头顶最秃，胆子最大"。他行事喜欢大刀阔斧，线条常常有些粗疏。但在《赫鲁晓夫回忆录》的第36章，我却读到了两个字：细腻。

先说年轻的苏联钢琴家阿什克纳济。他演奏出色，得过大奖。老婆是个英国人，不肯去苏联，而他们夫妻关系很好，还有孩子。于是，阿什克纳济来到伦敦的苏联大使馆，问怎么办。赫鲁晓夫听了下属汇报后，明确提出："我们给他发放一个国外护照吧，期限他想要多久就多久。他有了这个护照，只要愿意，随时都可以来苏联。这是唯一明智的做法。如果我们强行要他回国，他大概就不回来了。他并不反苏，可是我们却硬要人为地把他变成一个反苏的人，因为如果他不听从我们的意愿，那就会将自己与苏联政府对立起来。马上就会有评论家和解释者煽动他的反苏情绪，我们干吗要逼出这样的人呢？如果他住在伦敦，常常回来开音乐会，那又能出什么事呢？他是一位音乐家，自由职业者，他仍将在自己祖国的音乐会上演出，始终是苏联的公民。"

　　一举两得：既保护了阿什克纳济的清白名声，又维护了其家庭——赫鲁晓夫退休三年后，仍在为自己当年的决定感到自豪。每逢阿什克纳济到莫斯科演出，他就打开收音机，凝神聆听。他此时的欣慰心情，可以想见。

　　还有一例，是著名钢琴家里希特。文化部长福尔采娃报告说："有关部门反对里希特出国，因为其母亲住在西德，出去后可能不回来。"赫鲁晓夫认为，如果失去这位大钢琴家，将是国家的损失，但还是决定："让他去吧。"有人又要求里希特不要去西德。赫鲁晓夫说："要是在他被迫做出保证不去西德与母亲会面之后，才让他跨出我们的国门，那真是再也没有比这更愚蠢的做法了。恰恰相反，应当劝劝他：'您这么多年没见过母亲了，去和她见见面吧。'不要让他感到我们反对这种事情。"

　　人性的关怀，起了温暖的效应。里希特到西德见了母亲后，如期回国。

　　第三例，是芭蕾舞女演员普利谢茨卡娅。她舞姿优美，在苏联首屈一指。但出国演出，总没有份，理由是她不可靠，有"一去不复返"之嫌疑。有一次，芭蕾舞团又要出国演出，普利谢茨卡娅给赫鲁晓夫写了长信，说她是爱国者，对她不被信任感到委屈，希望相信她的人品。赫鲁晓夫将此信复印，让党中央主席团全体成员传阅，并建议让她出国演出。有人还是不放心。赫鲁晓夫表示："她说了，不会发生这种事情的。我相信她的话。缺少信任就无法生活。即使她写的不是实话，只不过是为了脱身，好吧，那也没什么，我们能担当。"

　　结果呢，普利谢茨卡娅出国演出后，载誉归来，为苏联芭蕾舞艺术争了光。

　　赫鲁晓夫认为，如果当初扣住普利谢茨卡娅，就可能毁掉她，或者把她变成反苏分子。为此，他强调说："最脆弱的东西就是一个人的心理，所以应当加以呵护，不能让它受到伤害。漫不经心的一步就可能使一个人失去自制力，结果成为一生中决定命运的一步。我为做出了正确的决定而骄傲。"

斯大林的女儿斯韦特兰娜，又是一例。赫鲁晓夫对她在特殊家庭里的坎坷命运以及不幸婚姻，深表同情；而对于她离开祖国，向外国寻求帮助，给西方的造谣生事者提供口实，则认为是"一种无可辩解的愚蠢行为"，予以谴责。但他认为，如果当初换一种方式对待她，可能事情就不会像后来那样糟糕。他假设说："在她到大使馆去说她需要在印度逗留两三个月的时候，应该这样回答她：'斯韦特兰娜·约瑟福夫娜，干吗才三个月呢？您办个为期两三年的签证好啦。您也可以领取长期有效的签证，一直住在这里。到您想回的时候，再回苏联好了。'应当给她以选择的自由，从而让她精神上坚强起来，表明她是受到信任的。"

当然，斯韦特兰娜最终选择在美国度过余生——那已是赫鲁晓夫去世十多年后的事了。

政治上信任，选择上自由。但即使这样，也会出现辜负信任的情形。苏联当时有两亿多人口，赫鲁晓夫认为："其中当然既有纯洁的人，也有不纯洁的人……不纯洁的人一旦浮出水面，他们必将被浪涛冲离我们的海岸。让他们随波逐流去好了。""我认为应当向苏联公民提供按照自己意愿选择居住地的机会，这样的时机已经到了。"

赫鲁晓夫的细腻，在于懂一点人的心理，有一点人情味。在20世纪60年代严峻保守的氛围下，有如此开放的眼光、宽容的眼光、关注人性的眼光，实属不易。实际上，政治与人性，不是对立的；"人性"这东西，拿捏得好，会让政治充满人情味，从而赢得民心、融入世界。

雍正、卡耐基与王石

最近读三本书，一本是雍正皇帝的，一本是卡耐基先生的，一本是王石董事长的。

雍正一书，全是"御批"，传密旨，示权谋，令内外臣僚，一体恪遵。有一则，是对河南巡抚田文镜说的："你若信得过自己，放心就是。金刚不能撼动朕丝毫，妖怪不能惑朕一点。你自己若不是了，就是佛爷也救不下你来。"

雍正的本意，是显示自己"为人居心真正明镜铁汉"，要田文镜在整肃纪纲时，毫不手软，不怕得罪人。前提是：要信得过自己。

卡耐基一书，谈"人性的弱点"。他提醒人们："要想发觉真正的自我——也就是我们与他人不同、真正具有价值的地方——则必须先去除许多人性的束缚，诸如：恐惧、畏缩、自我疑虑、迷惑及僵化人性中心思想的种种积习。"卡耐基的本意，是要大家相信，每个人都是"独一无二"的，要"了解并喜欢你自己"。

王石一书，是"管理日志"，逐条总结了自己的创业历程。他说："坚持做你认为对的事，不要被周围的形势所左右。""我王石本人就是棵摇钱树!"王石的本意,是让人们相信:"最大的对手不是别人,而是我们自己。"

我受三位的沾溉,生出几点感触:

其一,雍正是大清皇帝,属于封建主义,那时,"普天之下,莫非王土。率土之滨,莫非王臣";卡耐基是美国企业家、人际关系学家,属于20世纪前半叶的资本主义,那时,资本主义早已来到人间,但据说,它的每只毛孔依旧滴着血,被称作"万恶的资本主义";王石是复员军人、万科集团创始人,属于中国特色社会主义,在这里,前进、发展,都要讲究科学。社会形态越往后,生产力水平越高级。如此一看,先进生产力的代表,非王董事长莫属。

其二,尽管社会形态不同,生产力水平有异,但三位表达的理念——人活着,要有自信,要看得起自己,不要自我贬值——却是惊人地相同!这说明,此一理念,古今中外适用。古今中外适用的价值观,不就是"普世价值"么?

再拿三位举例:雍正皇帝喜欢穿龙袍,卡耐基先生喜欢穿西装,王石董事长喜欢穿"登山服"——三种服装,式样不一,但作为衣服,都应该具有"御寒功能"与"品牌效应",这,也算是一种"普世价值"吧。

其三,普世价值人人都可享用。比如,老夫我乃区区一书生,既没有沐浴过雍正皇帝的"圣恩",也不具备卡耐基先生解难励志的智慧,更缺乏王石董事长创榛辟莽的能力,但听了三位的教诲后,便认识到"信得过自己""了解和喜欢自己""不要自己打败自己"的价值所在。所以,退休后本来无所事事,看看门前河水,听听窗外鸟啼,现在自信心突然坚挺,说话、走路都有点雄赳赳,急切地想制订规划,做一点力所能及的事。

至于具体内容,今后会透露,你先猜猜看。

吃不消

有一种说法：夫妻之间，共同生活久了，不但日常习惯趋向一致，而且脸蛋也会越来越像，这叫做"夫妻相"。

此话是否确实，有待"统计学"来发言。但有一点敢肯定：夫妻再怎么相似，著作、观点之类，却往往各呈其貌，难归一统。比如，王小波的著作幽默，李银河的著作厚实，他们夫妇俩，风格各具千秋。

单说李银河。她的厚实，在于学问扎实。这些年，她拓宽社会学研究领域，在研究酷儿理论、生育与村落文化、女性权力、婚姻、性爱、同性恋、虐恋等方面，创榛辟莽，前驱先路，取得了骄人成绩。多部著作，让人读了耳目一新。例如《虐恋亚文化》，旁搜博采，考证精详，讲述了虐恋亚文化的形成、变迁，以及虐恋个案、虐恋作品、虐恋成因、虐恋政治、虐恋的启示，耕耘了一块荒芜之地。

据《虐恋亚文化》介绍，"虐恋"，是将快感和痛感联系在一起的性活动。无论是男性施虐、女性受虐，还是女性施虐、男性受虐，抑或是其他类型的施虐受虐，一般都是以捆绑、鞭打、折磨、羞辱，一方奴役，另一方被奴役的形式出现。作者从亚文化向主流文化挑战的角度，从性思潮中的革命意义的角度，从哲学意义的角度等等，表达了自己的观点。

此书的"序"，用了散文语言，有可读性。不过，读到最后，看见有几句话：

但是我在此斗胆提出一个假设：假设中国文化的包袱对于我们不再是那么沉重；假设中国人除了吃饱穿暖传宗接代之外也有了一点对性快乐的要求；假设中国人也愿意有选择性活动方式的自由；假设中国人也喜欢使自己的生活变得更有趣、更快乐一些。

我这个人理解能力差，读文章，有时三遍五遍，还悟不透精义所在。然而，对这段只做假设，没有下文，半朦胧式的文字，我却自忖没有领会错，那就是：虐恋是一个离中国相当遥远的世界；随着生活的富裕，随着对快乐的要求的提高，虐恋是可以被"引进来"的，且为期已不远。

这就让人"瞻念前途，不寒而栗"了。

我不想做"电灯泡"，别人怎样恋爱，不关我的事。但吃饱了饭，静下心来，替今后"有钱"而且"有闲"的中国人想想：用锁链套脖，用鞭子抽背，用皮鞋踩脸，用屎尿淋头，用铁针刺身，血斑斑，痛分分，臭烘烘，辣豁豁。尽管头戴着"哲学意义"的光环，有一种沐浴着亚文化的崇高感，却总觉得有点吃不消。

而且，事实还印证了本文开头讲的道理：就著作、观点而言，伉俪之间往往不存在"夫妻相"——因为王小波就不同，他在一篇文章里，把纽约和加州俱乐部里，某些人对这类遭拷打和屎尿浇头的嗜好，称为"极端体验"，并在论述了一番道理后，庄严宣告：

"我们没有极端体验的瘾，别来折腾我们。"

关于"堕民"

我母亲生在浙江溪口，所以，我算得上半个奉化人。奉化在历史上，存在过"堕民"，也叫"丐户"，俗称"大贫"——"聚处城外，自为匹偶"。"堕民"被视作"贱民"，究其来历，或为"政敌之裔"，或为"罪俘之遗"，世代卑微，遭人歧视。有资料显示，抗战以前，奉化还有"堕民"两千人。但我这几十年，去过几次奉化，均未耳闻这类故事。毕竟是前尘往事——生活已向前走了很远。

促使我在此，拾起"堕民"话题的，是网上M先生的一篇文章。文中说，他的一部旧作，长篇小说《堕民》——描写"江浙一带特有的被自由民视之为天生的'贱胎'，因而可以公然百般凌辱的一些单独聚集的群体"——15年前，由一家影视公司改编成电视剧。他说，题材没有禁忌，但改编时，"为着避免麻烦，我与老X还是用了无人知晓的笔名。"此剧开拍到一大半时，忽然来了禁拍令，因为按协议，片头将出现"根据某某小说改编"字样，而"某某"是M少年时代的笔名，就这样被有关部门得知，"某某"便是M。这样一来，"数百万投资将付诸东流，而尚蒙在鼓里的剧组一两百个演职人员还在横店冒着高温日夜奋战。一旦宣布禁拍令后果很难预料。"电视剧制片人星夜赶回上海,经过奔走努力,依然无效,最后只得请求M放弃了署名权。

M在"文革"中,曾卷入政治漩涡。文中提到的"老X",曾是"文革"中上海的风云人物。

文章读到这里,我突然想起M的一件往事。20多年前,我们副刊举办杂文征文,各地来稿甚多,小山一样,堆放在我的办公桌上。某日,我看到有个信封掉在地上,捡起一看,是一篇征稿,道理新颖,文笔老到。署名却很陌生,可能是位新作者吧!文章发表后,他又寄来新的。后来,嫌以化名领取稿酬不便,他署了真名。原来,他就是M。由于众所周知的原因,稿子不能刊用了。多年后,文学研究所的许兄,带我去见M。门开了,出现在我面前的M,是一位瘦弱的书生,讲起话来,文质彬彬。他说,当初明显感觉到了对他稿子处理的"从热到冷"。言谈中,他冒出一句:"瞿秋白说他搞政治,是'犬耕田';而我认为我搞政治,是'兔耕田'!"

犬耕田,是"不胜任";兔耕田,则是"入错行"。兔比犬,外行得多了。M用此比喻,表达自己"打翻了五味瓶子"的滋味——既觉得倒霉又感到后悔。小说、散文、杂文、学术研究,他都拿得起来,但政治上的几年"风光",换来的是一辈子运交华盖……

现在,让我们再接着读M的文章——当M将签订"自愿"放弃署名权协议的消息告诉"老X","老X"起先也很吃惊,"随后就作了一番自我调侃。他说在他们看来,我和你也都成了'堕民',连次等公民也算不上。堕民就堕民吧。堕民不也是'民'吗?有个'民'做做,照样可以活得很自在!"

"堕民"——"老X"从剧中顺手拈来这一名词!而我的全部感

触，就是被他的这两句话激发而生。我忽然记起，他当年，在台上，心态不是这样的。那年代，普遍实行一种政策："知识分子要搞得臭一点，但也不能搞得太臭。"有多少作家、学者，受歧视，被夺走创作的权利。连我这个普普通通的青年，想学习写作、发表作品，也被这个"老X"多次下达的"指示"——新闻界的人搞文学创作，是名利思想作怪——封杀，一度失去发表作品的权利。

曾记得，我对父亲倾诉了文章无处发表的苦恼。这时，伟大的父爱降临了，我听见父亲安慰我说："你不能发表，那就写完后，放在那里，自己看看好了！"

自己既当作者又当读者，自娱自乐，也算是当了一回作家，作品能被读者阅读了。"这是体现'成就感'唯一最省力、最安全的办法"——我用这样的想法来自我调侃。心里，有点酸。但那个年代，父亲这句安慰的话，说实在，已让我心头温暖了好久。

如今，我从M的文章里，读到了"老X"的"堕民"心态。我并不是说，今天对该电视剧署名权的封杀，十分英明正确；而是说，当年"四人帮"一伙对知识分子创作权的封杀，十分蛮横无理。

我不知道，"老X"在遭此禁令想到"堕民"二字时，有无思忖一下，当初他在封杀别人时，别人心里想到的是什么？别人创作，是名利思想作怪；他创作，是不是名利思想作怪？什么叫名利思想？名利思想是属于资产阶级的，还是属于无产阶级的？名利思想是因人而异的吗？换位一思考，什么都明白了。

而这个世界上，真是有"轮回"的——现在，轮到他自我调侃了。

史无前例的"文化大革命"，让一些人受利益驱动，绑在同一驾"政治"马车上，做着似是而非的事，说着连自己也未必真正相信的话。其虚伪，常常表现在同"人性"拗着干，往往批别人的东西，一旦套回自己头上，自己也想不通了，"人性"立马原形毕露了。

末了，只有一句话：希望"文革"这样的闹剧别再重演了！

对"杂文"说几句话

一

不喜欢杂文油腔滑调，好像上了台只知道博噱头，骨头轻轻，站没站相，坐没坐相。

也不喜欢杂文木头木脑，好像谈恋爱时，不懂得博取对方欢心，只知道拿着报纸朗读社论。

用上海话评价人，常会出现"底子"与"头子"的轮流搭配——"底子老实，头子呆板""底子滑头，头子活络""底子滑头，头子呆板""底子老实，头子活络"……

我喜欢"底子老实，头子活络"的人。这种人，既可靠、不出纰漏、不会让人上当，又施得出手段，拿得出办法，打得开局面。

一篇好的杂文，也应该是"底子老实，头子活络"。用标准的普通话来说，可以表述为：

"一个老实人，机智地对世界发表批评意见。"

二

既然是"批评意见"，就必然是带批判性的。所以"批判元素"

是杂文的第一元素。杂文没有批判，就不成其为杂文。杂文当然也有表扬的，但表扬成不了杂文的主流模式，而且表扬经常是与批判交融在一起的。

既然是"机智地"，就必然是带文学性的。所以"文学元素"是杂文的第二元素。文学有感染力，有些道理。杂文用理论来诠释，冗长、沉闷，让人听着累；用文学手法，两三句，便活灵活现，味道浓酽。让文学参与进来，实在是写杂文最聪明的办法。

既然是"对世界"，就必然要提供关于世界的各种信息，让观点由信息而生。所以"信息量"是杂文的第三元素。当今世界，信息量充沛到要爆炸，随手拈来，便可成文。请注意：介绍信息要新，引用资料要新，开掘历史要新。不要只会引用《红楼梦》，好像你一辈子就靠《红楼梦》吃饭。

"机智地对世界发表批评意见"，一句话涵盖了三大元素！

三

要批判，就需要争鸣。争鸣是杂文的常态。这个地球，可以争鸣的话题太多了，而已经争鸣的话题却少之又少，不成比例。这让人感到遗憾。

要批判，就需要探险。探险是杂文的高难度动作。看跳高比赛，最精彩的，不是一跃而过的轻松瞬间，而是前脚越过、后脚却擦碰到横杆，使横杆晃了又晃而最终没有掉下来的刹那！对探险的杂文，也应作如是观。

四

在对杂文的魅力津津乐道的时候，不必多指责时评，说它面孔如何铁板、如何不招人喜欢等。

时评是另外一种招数，是办报纸不可或缺的吃饭手段。时评的妙处是"短""平""快"，一桩新闻刚刚发生，写杂文还来不及推敲文采，时评已经推上了版面。

各有各的用场。杂文，你只管好自己的事，不去对隔壁"邻居"说三道四，行吗？

五

形象化、幽默、诗情、悬念，都是杂文文学性的特征。屡见阐述，不拟重复。只想对幽默再说两句。

刚收到北京刘齐寄来的《刘齐集》。《刘齐集》从骨子里透出一种幽默，这是融化在血液里的幽默，是镶嵌在基因里的幽默。这种幽默是很难模仿的，因为它是人的一种禀赋，而不单是外在的几个句子、标点而已。

让幽默成为人的禀赋吧！从禀赋中流淌出来的幽默，才自然，才圆熟，才让人忍俊不禁！

六

杂文的形式，经过杂文界诸公的挥汗耕耘，已相当完备：驳论式、散论式、小杂感式、辨析式、叙述式、抒情式、对话式、讽喻式、荒诞式、文言式、互补式、人物塑造式、故事新编式、成语重组式……

只举两种瞧瞧：

——小杂感式：一般分成多段，每段文字精短，见解精辟，常能收到"言简意赅"之效果。文章的开头、结尾往往最能出诗意，普通杂文只有一个开头、一个结尾，而小杂感式有多个开头、多个结尾，所以诗意比普通杂文更浓郁。林奇的《奇谈怪论》是成功之例。请看其中一节：

人变得越来越浮躁，越来越没有耐心了。文字超过一千就读不下去了；视频超过五分钟就懒得点开了；距离超过一百米就要开车了；俩人在一起超过一年就无话可说了。会不会在不远的某一天，生命超过三十年就没耐心活下去了？

向写出这种文字的林奇先生致敬！

——人物塑造式：用极其简练的文字，勾勒人物，点破题旨。这方面，流沙河塑造的 Y 先生，是个典型。流沙河的文字，已经到了"惜墨如金"的地步，有时甚至是一句话，就把 Y 先生善于冷嘲热讽的个性烘托出来，而寓意深远，收揭露时弊之效。仅举两例：

夜读文革史，窗外鼠窥灯。Y 先生盯着窗外说："我看见的是一片黑暗，它看见的是一片光明。人鼠之间没法认同，哪怕彼此距离很近。"

Y 先生对左老爷说："从前我黑，你们自来红。现在我穷，你们首先富。"

向写出这种文字的流沙河先生致敬！

七

浦东这块热土，已经孕育出夏友梅这样的故事大王，未来也一定会孕育出杂文大家。这是土地决定的。土地出人物，符合唯物论。

"认识论"解决宏观问题，比如杂文要以天下为己任啦，要忧国忧民啦，雄赳赳的话语一箩筐。"方法论"则研究具体问题，用哪些措施来提高作者的语言修养啦，一次学习班须达到哪些目标啦等等，都是实打实的举措。

当前，对我们来说，实打实比雄赳赳更紧迫！

"生存"与"存在"

新老红学家们，隔三岔五，便有新论拿出来，足以说明，《红楼梦》好似一座富实的煤矿，非但挖之不尽，还能养活一批学者，不像山西有些煤矿，动不动就垮塌，把人压死。

这回是刘再复撰文，说《红楼梦》的理由是青春的理由，是女子与儿童的理由。中国要成为拥有灵魂活力的"少年中国""青春中国"，最需要的是《红楼梦》和"五四"新文化。还说，贾宝玉选择林黛玉，不是生存原因，而是存在原因。存在的原因便是灵魂的原因。这就点出了"存在"比"生存"更高档，因为有灵魂，即心灵，穿插其中。

历来都有人谈"灵魂"，在苏格拉底，则是喋喋不休了。现在的中学生是"一怕读文言文，二怕读周树人"，而我是"一怕读卡利克勒，二怕读苏格拉底"，因为苏格拉底口才太好，说起话来，悬河注水，几个弯子一拐，便扯得火星一般远了；端坐在椅子上，长时间拜读他的大篇说教，对我的忍耐力和退变的腰椎，都是考验。但读到后来，意思总算是明确的——要认识人的灵魂，"这个灵魂通过追随理性和做哲学的永久同伴来免除欲望，它通过对真实的、神圣的、不可推测的事物的沉思来从中吸取灵感，因为这样的灵魂相信这是它生活的正确方式"。

这样一看，灵魂追随理性，便是从"生存"进到"存在"的标记了。

我总是记得遇罗克。他从 1966 年 1 月到 8 月的日记，就像是今天早晨写的。他对当时一系列问题的看法，哪一种不是我们今天的观点？5 月 4 日，他写道：

《波斯人信札》："我设想在某王国内，人们只许可土地耕作所绝对必需的艺术存在——虽然土地为数甚广；口同时排斥一切仅仅为官能享受与幻想服务的艺术，我可以说：这国家将成为世上最贫困的国家之一。"

何为不朽？不朽，在于引起后代的共鸣。孟德斯鸠可谓不朽，其洞察力已经逾过二百多年了。

而遇罗克的洞察力，也逾 40 年了。他是小草一棵，独力支持，无人相助。他完全可以不说、不写，挨饿总是不至于的，但追随理性，使他的灵魂有了爆发力。他以锐敏、勇气，反衬出我们的因循、疲茶；他以他的"存在"，反衬出我们"生存"的浑浑噩噩。可惜他过早殉难，始终未有机会朝文学发展，否则，凭他的灵魂的原因、青春的理由，写出一部惊天动地的作品也是说不定的。他倒是真的好男儿——不过现在被"超男""超女"们的身影盖住，不大有人想得起了。

人们大抵对《活着》中的福贵大爷没有坏印象，"少年去游荡，中年想掘藏，老年做和尚"，无奈，却合理、合法。我却以为，诗意尽管有，逍遥也不缺，还发明了一种活着的诀窍，可以去申请专利，但总归缺点什么，是看在眼里也能说得出的了。

　　贾母"太重家族的兴衰，忽略个体心灵的归宿"，替宝玉选了宝钗，招致失败。中国要青春永驻，单单让人吃饱肚子也是不够的，还要有灵魂的原因。研究从"生存"到"存在"的提升，或许是一条门径。

"分寸感"拾遗

卢梭的《忏悔录》，是值得世人看看的，不仅有他翩翩少年时，想用妙词丽句，博得华伦夫人的欢心，以及嘴馋，忍不住朝香喷喷的烤肉鞠一躬，可怜兮兮地说："永别了，烤肉"，其实还有那做人的"分寸感"。比如他说：

"我可以有任何缺点，但绝不会厚颜无耻。"

"任何缺点"与"厚颜无耻"之间，划了一条分界线。这就是"分寸感"。让人感到："任何缺点"都是难以避免的，独独与"厚颜无耻"不能沾边。

"分寸感"，对做学问也不可或缺。金观涛、刘青峰的《兴盛与危机》一书，是讲中国封建社会的超稳定结构的。它将儒家、道家、墨家各自的三个"子系统"，各用三个相交而不重叠的圆来表示：

儒家的"仁"（价值观、行为准则）、"天"（哲学观）、"礼"（社会观）；

道家的"无为"（价值观、行为准则）、"道"（哲学观）、"小国寡民"（社会观）；

墨家的"兼相爱交相利"（价值观）、"天志、明鬼"（哲学观）、

"尚贤、尚同"（社会观）。

同时，还把圆与圆之间，有时各守分际、不相侵渔，有时同中有异、异中有同的细微部分，表达得极具"分寸感"，犹如数学一般精确。

当今时代，对"分寸感"感触最深的，恐怕要数俄罗斯的戈尔巴乔夫了。戈尔巴乔夫晚年，写了厚厚两册回忆录，追观盛衰，镜考己行，用他的话说，是"如实的阐述，决无隐瞒和矫饰"。尽管他宣扬自己的"第三维"思想，强调说"许多事情并不取决于我们"，并指责那些"不惜任何代价、一意孤行"的势力搅了局，但述往思来，他还是检讨了自己，他认为他遇到的问题"是全新的"，但得到的教训"是旧有的，它像世界一样古老。那就是——必须掌握好分寸。也就是说，古希腊人就是这样教导的。它是柏拉图让写在自己学院殿堂正门口的一句箴言"。

柏拉图的教导，显然是被俄罗斯的这位政治新星忽略了。戈尔巴乔夫写道：

几乎我们所有的挫折、错误和损失恰恰都和我们偏离了合理分寸相联系。有时候是在实行业已成熟的步骤时过分急躁；而有时候又相反——拖拖拉拉，慢慢腾腾。

丧失"分寸感"，后果严重。我揣想，戈尔巴乔夫写到此处，表情应该是痛苦的，至少是酸楚的。这么大一个联盟国家，在他手里，变生肘腋、活活解体了，于是西方高兴了，美国独大了，没有对手了。

"分寸感"不但与史学搭界，与政治伦理搭界，更与法律搭界。但在利比亚"禁飞区"上空，"法律"二字，是由北约的战机与炸弹来随心所欲地诠释的。人们要问：对这种明显偏离"分寸感"的做法，为何不能有效地纠偏？自由、民主，好自然是好的，但如果不注意"分寸感"，对自己——自由、民主，对别人——炸弹、大炮，搞"两种尺寸"，则所谓的自由、民主，实在是值得商榷的。

我这两个月天天坐在电视机前，手握遥控器，第一时间收看利比亚新闻。我为这个世界"分寸感"的缺失而揪心。一位友人劝我："远开八只脚（上海话，意即"遥远"）的事，你去瞎操心做啥？"我听了，大不以为然。天下兴亡，匹夫有责。匹夫我没有权利去全世界拨乱反正，但私底下拿一根"尺子"，量一量世间风云，看看是否偏离"尺寸"，是否丢失了"分寸感"，并且表达一点喜怒哀乐，这个权利总还是有的吧？谁偏离分寸，匹夫我就跟谁急！

本文即将完篇，然而，法国卡恩的案件审理还未完篇。这位国际货币界的大佬，因为在女人面前的"道德感"掌握偏离了"合理的分寸"，或者说失却了"分寸感"，因而变成一桩新闻。这是人类历史上的老问题了，多少男儿为此而栽跟头！但卡恩的身份不同，他是法兰西最有希望当选的总统竞选人，他的"总统梦"要从此泡汤了，损失未免太大了点。好在"堤内损失堤外补"，这桩新闻的扑朔迷离，据说"使戛纳电影节的所有传统故事片均黯然失色"，因此卡恩被《尼斯晨报》和《费加罗报》授予"金棕榈"。生活高于艺术虚构，再次得到证明。看来，戛纳电影节参评影片的得奖尺寸，需要"与时俱进"了，一些评委的评奖"分寸感"，显得"过时"了。

突发奇想：如果当初不是萨科齐当选法国总统，而是让卡恩来当，他会不会像萨科齐那样，第一个派出飞机去轰炸利比亚？抑或是，采用金融领域他擅长的手段，来对付利比亚？抑或是，反对用目前的手法，而采用另外的办法？

这些都很难说。

一人一个主张，一人一种分寸，所以这个世界，颠来倒去，总归不太平。

看不懂

当今世界，让人看不懂的事情越来越多，难怪严秀先生说，想编一本《看不懂集》。

看不懂，并非看的人智商低，乃是由于事物本身不合逻辑，前面的"因为"和后面的"所以"连不起来。利比亚局势便是一例。

围绕利比亚，看不懂的东西俯拾即是，比如外国有人一边说尊重人家的主权，一边却指手画脚，命令那里的谁谁谁必须下台；设立"禁飞区"，只禁别人的飞机，却让自己一伙的飞机横冲直撞；嘴里说绝不是消灭某某人，却专对着某某人的住宅轰炸等。

这就让人怀疑：在 21 世纪已过去十来个年头的今天——2011年，整个世界不但有金融危机，还存在逻辑学危机。

前不久出现的"抬偶像"一事，又让我看不懂了。

据说，利比亚反对派为了塑造自己的"好形象"，忽然抬出穆克哈塔为偶像，作为他们的"形象代言人"。一时间，在阿尔巴达，穆克哈塔的画像随处可见，而且反对派成员基本上人手一枚印有穆克哈塔头像的徽章。穆克哈塔的名言"我们不会投降，我们将战斗到最后一刻"，成了反对派的口号。有分析家甚至认为：这是反对派的"一步妙棋"。

"妙"则"妙"矣，只可惜文不对题！穆克哈塔是谁？是利比亚反抗意大利侵略的民族英雄，在反对外来入侵的斗争中，宁死不屈，1931年9月，在两万多利比亚人面前，被意大利殖民军处以绞刑。因此，穆克哈塔被利比亚人誉为"沙漠雄狮"。而目前的反对派，正好相反，仰仗外国的鼻息，派人访问意大利，乞求援助；吁请意大利在内的西方国家"发钞票"。意大利向他们派遣军事顾问，替他们筹措资金，派出战机，加入对利比亚的空袭，还在罗马，举行会议，接济他们。

这些反对派，与穆克哈塔南辕北辙。

抬出一个反抗外来侵略的英雄，来为自己串通外来势力、申请外来干涉的形象贴金，利比亚反对派的逻辑思维在这里显然是"进水"了！我不明白，这是对穆克哈塔的羞辱呢，还是对反对派自己的嘲讽？反正，依中国人的观念，这无异于让史可法来充当吴三桂的"形象代言人"，让汪精卫胸口别一枚印有吉鸿昌头像的徽章。

"丛林法则"，在当今世界依旧吃香。弱者的肉，强者通吃，强强联合起来通吃；甚至，一部分弱者与强者联合，把另一部分弱者通吃。对这样一个让人看不懂的"丛林"，太需要看得懂的人们站出来，勇敢发出自己的声音了——即便与"利益链"挂不上钩，而只是逻辑上的、道义上的；进而，不单是逻辑上的、道义上的，更是直抒胸臆的、饱含个性的、富于感染力的。

我感叹于如今这样的声音之稀少，才更觉得，俄罗斯的普京针对利比亚局势的一些讲话，像性情中人的一篇独白，有逻辑，有伦理，有激情，带点文采，属于空谷足音，难能可贵，将满世界已经衰退了的正义感，重新提升起来。他说："谁授权他们判一个人死刑，不论那是怎样一个人？""当所谓文明社会拉帮结派对付一个小国，摧毁数代人建立起来的基础设施，是好是坏？我个人不认可这种行为。""利比亚石油资源位居非洲首位，天然气资源位居第四……这难道不是这些（军事）行动的主要利益目标？"

在这个看不懂的世界中，普京是一个能被人看得懂的人。

辑二

闲笔所绘

方寸天地

——周志俊素描

拿破仑一米五十八，说话惊人——
"不想当将军的士兵，不是好士兵！"
他一米六十八，说话动人——
"不能做牙签的木头，不是好木头！"

说话惊人的，想着"震天动地"。
说话动人的，盯着"方寸天地"。
想"震天动地"的，早已躺进墓地。
爱"方寸天地"的，此刻正在排戏——

他扮演老狱卒，他看守诗人殷夫。
殷夫给他银元，让他送信给亲属。
他拿起银元吹一吹，他凑近银元听一听，

却听到一声——"砸了！"

他举首望：导演捂着嘴。
他转头看：演员睖着眼。
他侧眼瞧：编剧摇着头。
"怎么演不出凶神恶煞？"
"老演员，连个小角色也扛不起！"
——"砸了！"
——"砸了！"

他血压没高——他知道天未坍。
他手脚没凉——他知道地未塌。

他的出场——太短暂了：好像一颗流星，两分钟就消逝。
他的任务——太简单了：把诗人殷夫带上场，再推进牢房。

两分钟，能有多久？
油锅里煎不熟一条胖头鱼。马路上电车只能跑一站。
老狱卒，有何新鲜？
学《红灯记》中吼着狼嚎？仿《野猪林》里瞪着狗眼？

不！他艳羡奥列弗的执着。他心仪史楚金的认真。
他的"角色自传"与众不同——
是善良倔强的老人。是社会底层的好人。是爱贪便宜的小人。是稀里糊涂的政治盲人。

他的"角色化妆"与众不同——

在号衣前斜挂表链。在袖口边微露衬衫。在烟斗上细粘胶布。在鼻尖上浅搁眼镜。

对了，走路要用鸭子步，推人也不是恶狠狠，对殷夫压根儿不理解，表情上还要再丰富：

——嘴边浮着疑云。

——眉宇嵌着慈祥。

——眼角闪着同情。

不龇牙咧嘴，就是"砸了"？不凶狠推人，就是"砸了"？不酷虐暴戾，就是"砸了"？

他不想"震天动地"。

他只爱"方寸天地"。

他从来就是"一溜演员"，却总能"溜"得光彩熠熠——

错配女儿婚姻的"老员外"，撮成千金佳缘的"老狐狸"。

使得出鬼点子的"洋老板"，讲不出所以然的"总领事"。

鲁迅住宅前探头探脑的"便衣侦探"，陈毅市长边晕头晕脑的"民主人士"。

黄佐临称他是"性格演员"，谢晋题词说向他的认真学习。

他不想"震天动地"。

他只爱"方寸天地"。

他吃鸡最恨鸡屁股，他写稿专登报屁股。

他笔底下流出的都是小小说，巴掌大的一块照样有风有雨。

人家是似癫似狂——迷着张学友、刘德华、翁倩玉……

他却是如痴如醉——追着余光中、欧·亨利、星新一……

人家是天天察看股市行情：开盘涨价、收盘跌价、今日买进、明日卖出……

他却是日日揣摩报刊供需：甲刊要雅、乙刊要俗、刚刚退稿、改改又寄……

只要文思涌——一个打盹儿，飘飘悠悠浮起《瓷瓶的梦》；不怕捉笔苦——半张蚊香纸，歪歪斜斜筑起《仙桃之家》。

凌晨凑着街灯，修剪《美人波》的光光点点；深夜摸着漆黑，梳理《锅灰缘》的茎茎叶叶。

摄制组颠晃晃的汽车内，记下了《乡居新闻》的豹头凤尾；小外孙湿漉漉的尿布旁，捡到了《歪头金刚》的断腿残臂……

呵！此刻，他仍僵持在排练场上，为了一个没有掌声的老狱卒，为了两分钟时光。

若顺着走，无风无浪，饭可吃甜，觉可睡香。

如拗着干，层峦叠嶂，头上飞雹，脚底踩霜。

可是他说："方寸天地，自有风光；戏是我的，我不退让！"

我们这故事的结尾是段华彩乐章——轻盈盈，喜洋洋，有蜜有糖。

我们这故事的结尾也有不协和音——酸溜溜，辣豁豁，又冰又凉。

沈西蒙肯定他："有味道！" 黄佐临鼓励他："就这样！"
东边发评论——"精彩"。西边飞赞语——"难忘"。
日本菊池勇一慧眼识"流星"，把礼物送到他手上。
可是有人却咽了声，说话费周章——
"拗了一个多月，值得吗？还不是螺蛳壳里做道场！"

他脑袋光光，耳郭方方，他听了一笑，轻轻搭腔——
"你没见希腊神话里，西西弗斯做人最欢畅？
明知石头会滚下来，
偏要每天把它们
——推上山冈！
——推上山冈！"

第四杯酒

一

现场感，据说是历史学家都看重的。历史的肢体骨骼，满布着斑驳的年轮。而现场感，能把败叶陈根的酸腐味儿轻轻驱散，让历史变得鲜灵、有生气，像个活人。

于是，我们这篇文章的主人公——上海大学历史学者赵剑敏，带着妻儿，站在湖北赤壁镇，凭吊三国。他说他手扶长链，盯着赤壁，盯着盯着，不知怎的，"赤壁"二字开始红中透亮，蹿出火苗，越烧越大，变成满江大火。舸舟被燃，冒出浓烟。烟火弥漫，渐成漫天大势。揉眼，烟火突然消灭，变为"魏""汉""吴"三面大旗，迎风猎猎作响。

再揉眼，大旗无影无踪，大江滚滚东流。

二

托马斯·卡莱尔说："我所讲的宗教信仰……是指一个人实际上铭记心灵深处的事物，而且能确切了解他与这个神秘世界的至关重要的关系，以及他在这个世界中的本分和命运。"

赵剑敏小时做游戏，因为姓赵，喜欢扮赵子龙。长大了，对三国逐渐滋长出一种卡莱尔式的宗教般信仰，朦朦胧胧，觉得自己与这片神秘天地，有一种至关重要的关系。只不过，一向字斟句酌的他，表述三国时，用词比别人更慷慨、更阳刚：

三国看似布满金戈铁马，其实，在大竞争处，无不是文化的碰撞，激出惊天地泣鬼神的大乐章。

三国的英雄，是以士人为主体的英雄。士人求身前名，更求身后名。他们建立士人自身的政权，不再做毛，而做了皮，让其他阶层做毛，附在他们这块皮上。他们都要王天下，而非霸天下；即使暂时地霸天下，也是为了长久地王天下。

三国天各一方，但个个都是强国。个体的强劲，民族的强劲，国家的强劲……

单有这些诠释，已够奢侈了，可他还要端出一个词——统一。统一，是中国文化的最大元素，三国尽管是分裂时代，但统一的精神贯彻始终！

吃三国饭的人不计其数。放眼前瞻，"指示牌"上早已标明：前方路况拥挤！但智者的与众不同，是从逼仄的夹缝里，钻出一条属于自己的路。史学老前辈的话里，闪烁着生机。郭沫若这样说："《三国演义》是一部好书，我们并不否认……罗贯中所见到的历史真实性成了问题，因而《三国演义》的艺术真实性也就失掉了基础。"顾颉刚及其弟子方诗铭这样认为：《三国演义》是通俗演义，但通俗演义终究是通俗演义，是否有人能够写出一部符合历史真实的新的《三国演义》呢？

45 岁的时候，赵剑敏"在这个世界中的本分和命运"，才被他自己伸出手，一把攥住：写一部题为《大三国》的巨型史诗，要比《三国演义》严谨有据，要比《三国志》活泼灵动；取长补短，兼顾平衡，雅俗共赏。

三

做人规规矩矩，做事厘然有序。这种"有序"，代表着中国人尊重祖先、不敢忘本的传统。他首先是对陈寿和罗贯中，抬头仰视，把《三国志》与《三国演义》目为《大三国》的两大基石，前者提供了三国的原始元素，后者提供了三国的时代氛围。

他叹服陈寿作为史学家的审慎。《三国志》取材严格，考订周详，文辞简约；但史料分散，记事简略，加上作者从所写的时代脱身而来，恩怨未除尽，褒贬有时难以公允。特别是文体古奥，给街头巷尾的阅读横插路障。

他叹服罗贯中作为小说家的妙笔，升人为神，化人为妖，点人为鬼，几句话的历史记录，便能演化为荡气回肠的故事，让文艺舞台满目生辉。但三分虚构，搅乱了七分真实。其实，将历史真相捅破了，就是：

刘关张不曾结义，吕布不曾戏貂蝉，董卓不曾收吕布为儿，蒋干不曾盗书，关羽不曾过五关，吴国太不曾招亲，黄忠不曾大战关羽，三英不曾战吕布，张松不曾与杨修舌辩，华佗不曾要劈曹操脑袋，孙夫人不曾投江自杀，司马懿不曾攻街亭，孔明不曾唱空城计……

这种"不曾"，排列下去，队伍很长。

他必须左避右挡，把老祖宗的局限性聪明地撇掉。新世纪的前十年，他把业余时间统统交给了"三国"。这3600多天，与他同眠共宿的，是这样几个问号：

《三国志》《三国演义》都有的，《大三国》怎么写？

《三国志》《三国演义》都无的，《大三国》怎么写？

《三国志》有的，《三国演义》无的，《大三国》怎么写？

《三国志》有的，《三国演义》移花接木的，《大三国》怎么写？

《三国志》无的，《三国演义》虚构的，《大三国》怎么写？

他说他心头，始终竖着两通"座右铭"。一通，史圣司马迁的："究天人之际，通古今之变，成一家之言。"一通，自己打造的：以史学为筋骨，以文学为血肉，以哲学为灵魂。

他出发了。历史小径边，虫蠹风朽的断简残篇，绿锈斑驳的文物，角缺身裂的碑石，是他还原历史风貌的帮手。起居注、仪注、刑法、谱牒、方志、动物、植物、农谚、考古等数百种史料，是他接通古今地气的桥梁。

四

十年寒暑，他在煎熬生命。他说他写到最后一卷，人近于崩溃，本来说话滔滔不绝，现在谈吐，上气不接下气。

如今，他可以坐下来，稍稍喘口气了。

十卷本的《大三国》，275万字，已由安徽人民出版社出版。从第一卷"风起青萍"，到第十卷"三家归晋"，写了从东汉永兴元年（153）到西晋太康元年（280）"三国"起止的127年历史，除了景色渲染、天气描写、心理活动外，没一桩事件无来历，没一个人物无出处，没一句对话无根据。曹操、孙权、刘备、关羽、张飞，以及所有的英雄、庸人、孬种，都做着历史上曾经做过的事情，立着历史上曾经立过的功勋，犯着历史上曾经犯过的错误，一切虚造的事件、虚拟的功绩、虚妄的影像，再惊险，再动人，再出彩，全都被剔出《大三国》之外。

让人读着放心，一部真实的三国全史！

他自小腾飞在心中的"英雄情结"，在《大三国》里漂亮地"着陆"。那些士人英雄表现出的担当精神，拼搏精神，强大人格，道德元素，追求统一的民族魂，像星座，一盏一盏，辉耀在长空。

而且，文采斐然。从他早年的历史著作《盛世魂》到《竹林七贤》，一种大散文笔法，一路传承，已经征服了不少读者；到了《大三国》，更因历史绵长，卷帙浩繁，而满纸渲染，云烟氤氲。

比如第一卷第四章中的"健牛出郡"和第七卷第一章中的"美髯公"，前不久，在合肥和北京，分别由专业人员朗诵，抑扬顿挫，余音绕梁。

五

赵剑敏气定神闲了。

他说要斟三杯酒，一杯敬给陈寿，一杯敬给罗贯中，一杯敬给三国所有的英雄。

第四杯酒，他没有说。

谁肯用生命去写三国，谁愿借三国激扬中华民族魂，我想，第四杯酒，理应给他。

金色的梦

到了，终于到了，这长陵的祾恩殿。古朴的门窗，森严的殿堂，富丽的琉璃顶；野花丛丛，发散着馥馥的香气。

他是自费来的，从上海千里迢迢赶到北京十三陵。十月的北京，香樟苍绿，丹枫似火，悠悠的金风，掠过一碧如洗的长天，在绵亘起伏的山脊上，掀起阵阵林涛。他无意浏览风景，却仆仆风尘，只为来查证一张照片，来拾取一个金色的梦。

这真是一张不寻常的照片！摄下的是祾恩殿历史上值得自豪的时刻。1912 年 9 月 6 日，伟大的孙中山先生，同叶恭绰等 46 人一起，在祾恩殿前合影。国家文物出版社出的《纪念孙中山先生》画册，却写成了：在太和殿前合影。这是摄影地点的误植。这是微小的疏忽。年复一年，从千万个读者的眼皮底下滑过去了，从国家博物馆专家的眼皮底下滑过去了。但是他，王耿雄，一个普普通通的印绸图案设计师，好像用过放大镜似的，把这个"疵点"提出来了。

王耿雄啃着大饼，一头钻进徐家汇藏书楼。一张泛黄的《时报》告诉他：孙中山和黄兴同去太和殿，而且随从不多。可是照片上，黄兴不见了，合影者却是一大群。他问上海"孙中山故居"："这是不是太和殿？"回答居然是斩钉截铁的："是太和殿！"呵，太和殿，他去过，他去过，那里石阶高，站在殿前，只看见琉璃瓦的顶和汉玉石的石阶。而照片上，门板、窗棂，显露得清清楚楚。

于是他来了，带着金色的希望来了。祾恩殿前，他仰望古老的门窗，抚摸坚实的栏杆。忽然，飒飒的秋风催开了他的笑靥，像科学家，攻下一道难题；似地质队，探明一座金矿。他确证了：照片是在祾恩殿前拍摄的！

就是这样，王耿雄用设计师的缜密目光，订正了一张又一张孙中山照片的说明。哦，这张 1924 年 2 月 24 日孙中山在广州追悼列宁的照片，其实是当年 7 月 23 日追悼苏联军事顾问的；那张 1917 年孙中山在广东欢迎章炳麟的照片，其实是在上海哈同花园。一本画册就订正达 20 多张！以致新编《孙中山先生画册》的负责人对他说："700 多张照片，您来看一看，我们就放心了！"

历史的云烟，使王耿雄梦绕情牵。"八一三"那年，跑马厅旁边，横陈着一只炸断了的手臂。他 15 岁的心田，犁下一道忧伤的痕沟：侵略者怎么那样猖獗？中国怎么那样混乱？旧书摊头，一本《孙中山轶事》，为他点燃一支明烛：如果实行孙先生民富国强的政策，敌人怎敢轻易来犯？就是来了，又怎能免遭灭顶之灾？呵！王耿雄思想之舟扯起了风帆：要向世界完整地展示孙中山的形象，要让世人真实地了解孙中山的一生。

半个世纪了，王耿雄兜废纸店，逛旧书摊，搜集孙中山的图片、墨迹、文件，热情不减，成果显著，数量近 1 000 件，有些完全是失传的孤本独照。有一次，他为了搜集旧书上的几张照片，不得不按照店里规定，把 17 本书一道买去。越搜集，他越感到孙中山人品的崇高；越研究，他越觉得孙中山思想的伟大。他的收藏工作受到了国家的重视。纪念馆，来叩响他的门了；展览会，来请他当顾问了。

清晨，当天边燃起第一缕彩霞，玫瑰色的晨光在床边催他，他正做着好梦："呵！这张孙中山照片，没见过，快买下来！可千万别是梦呀！"醒来，发觉是梦，他无限惆怅，扼腕叹息。深夜，当街头最后一辆电车声消失，他还在整理孙中山手迹。他生活艰苦朴素，一半开销，用在购买史料上，五斗橱、壁橱，成了"史料储存室"。衣服呢，对不住了，靠边站！

他成了生活的有心人。光华印花绸厂发行所的灶披间，堆着生煤炉用的废纸堆。他从扶梯上下来，一眼就发现纸堆中有张硬纸，拣出来，看见上面的孙中山照片——1913 年在日本长崎受留日医专学生欢迎时所摄。

他问烧饭师傅："这照片哪来？"

"厢房里一个医生的。没用了，扔在此生煤炉。"

"给我了！给我了！"王耿雄喜出望外，拿了就走。

后来，他根据照片的字样，纠正了中国历史博物馆陈列的照片的错误。他不无自豪地说："没有煤炉边的发现，恐怕子孙后代难以搞清了！"

心灵手巧的王耿雄，设计过这样一幅图案——上面：紫色的郁金香；中间：大红的蝴蝶兰；下面：嫩黄的水仙。星星点点的花草在四周众星拱月。它们象征着祖国繁花似锦。呵！这不正是孙中山当年的理想，在中国共产党领导下变成的现实？王耿雄深深看清了辛亥革命对推动中国的近代化所起的作用，他更深更广地搜集史料，开始著书立说了。《孙中山史事详录》（1911—1913），厚厚一大本，便是他利用三年中的 150 个星期日，跑到徐家汇藏书楼抄录整理而成的。有一天的《民立报》，登载了孙中山的三篇讲话，但《孙中山全集》只有前两篇。王耿雄硬是一字字地，把第三篇讲话抄下来，补了上去。他说他眼前一亮，发现其中一句被埋没了多年的闪光的话：

凡世界所有者，我们还要求精；世界所无者，我们为其创，勿畏难苟安。

呵！我们的王耿雄，正以"勿畏难苟安"的精神，继续寻求他金色的梦。为了深切怀念孙中山，他又一次登上中山陵。夕阳挂在紫金山上，洒下灼灼的余晖，把石阶，把青山绿树，烧成一片火红。

美的历程

——冯远、冯越、冯节小记

一

冯家的大门关得很严，严实得就像一个铁罐——

蚊子钻不进窗棂，

苍蝇飞不进门槛。

冯家的孩子有点刻板，刻板得就像正襟危坐的老汉——

童话书能当点心，

连环画能当米饭。

车胤捉来的萤火虫，映着他们面前的《三国演义》；匡衡凿壁偷来的灯光，照着他们手中的《水浒传》。

父亲是一本活字典，能领着你驶进中国历史上任何一个港湾。可是字典上独独缺少"笑"字，于是说说笑笑同孩子们绝了缘。

我们的世界是三维空间，于是"三"字的组装成堆成串：三良三典三秀三官，三礼三考三昧三鉴……

"三曹"的故事已经古老。

"三苏"的逸闻也不新鲜。

新鲜的是"铁罐"里的三个孩子——冯远、冯越、冯节，眼巴巴地望着马路对面——

三层楼上有着三姐弟，三姐弟各有招数能"吃遍天"：陈祖德的围棋风靡中华，陈祖芬的文笔宛如山泉，陈祖言的诗句灿如火焰。

从此就有了——雪天中的语言交流：冯家扔过去雪球一个，陈家抛过来雪块一团。可阳光一照融化成水，悄悄地蒸发上天……

从此就有了——晴日里的感情传递：陈家做一个怪腔，冯家扮一个鬼脸。可父母一来赶紧躲开，皱起的肌肉立刻"熨"得平展展的……

每户窗口都亮着，可对陈家的窗口多望几眼。每户人都有眼睛鼻子，可对陈家的三姐弟多看几遍。

陈家的三位堪称三杰，冯家的三位也不是懦汉！

二

天上的"阿波罗"能够登月，地上的"小铁罐"就无法久久封闭。装满红袖章的卡车辗碎新乐路的宁谧，暴风夹着雨卷着雪刮进窗玻璃。

冯家一夜就沉到了生活的"海底"。

买钢琴——没有钱币！

搞文学——缺少书籍！

钻科学——哪来仪器！

只有吴道子的饭钵——难捧，然而便宜！

于是，三双手举起三支画笔！

"三"，是如此的神奇——

横着排：一堵墙！

竖着站：一道堤！

远一些的——拉斐尔、米开朗琪罗、达·芬奇……

近一些的——列宾、托尔斯泰、穆索尔斯基……

登艺术高峰难免曲高和寡，攀文化金顶亟须横向联系。

而冯家的三支画笔——蘸着母亲郁郁病故后的泪滴，带着父亲挂牌扫地时的叹息，夹着粉碎性抄家中的恐惧，捎着"丑小鸭"卧薪尝胆的志气！

我钦佩这样的画笔——晴天，雨天，日夜"掏腾"着美的奥秘。从黑龙江冰雪打湿的黏土地，到杭州湖滨那倩影婆娑的绿荫里。好心肠的政治指导员在"埋怨"冯远——"你干的好事，应该告诉我哩！"慧眼独具的老教授在"怂恿"冯远——"你为啥不考？应该报考我院国画系！"

——命运对他青睐。

——生活给他机遇。

我赞美这样的画笔——顺风，逆风，永远不改自己的"脾气"。在和螺丝"交朋友"的日子里，冯越照样在琢磨装潢设计：小可以小到一只火柴壳子，大可以大到"顶天立地"。在为"展览"献青春的日子里，冯节抚弄着麻绳，把玩着陶瓷，拼出了：

多层次的《我》；

多色彩的《羽》；

多义性的《极》。

三

三个人——一个相同的起点；三个人——三条寻美的道路。

何必鞋印叠鞋印？何必脚步合脚步？

要"互补"——就像绘连环画：你装帧，我涂色，他构图……

要"互补"——就像奏交响乐：你拉琴，我吹号，他敲鼓……

扬长补短——填平各人知识的缺口；

赤橙黄绿——美的色彩才更丰富！

冯节没有冯远那样博大深沉；冯远喜欢贝多芬，命运之神在叩门，英雄之魂在振臂直呼。冯远听过康拜因的吼叫，枕过北大荒的黑土；大豆摇铃的季节，他看着瓦蓝瓦蓝的天，数着一团一团立体的云，似冰山，似奔马，似猛虎。他穿传统的"中山装"——熨帖，潇洒，舒服。

冯远没有冯节那样轻松幽雅；冯节热爱德彪西，明月之光在轻轻流淌，一叶扁舟在浪间起伏。冯节做过"白衣天使"的梦——用温暖的手，缝缀病人的伤痕，拭干残者的泪珠。梦破了，又细心屏气，修饰着一幅幅壁画，像绣花，像织锦，像雕塑。她穿翻新的"夹克衫"——俊秀，端庄，大度。

冯越比他俩更有"洋派装束"。他搞"洋"的东西——像溜冰，一滑就是百步！谁叫他"浪迹天涯"呢？他那件挺括的西装里面，装着新德里的大象，曼谷的椰树，埃菲尔铁塔巨人般的英姿，毛里求斯大街上沉沉的鼙鼓……

"夹克衫"帮助"中山装"，"中山装"督促"牛仔裤"。

一个起点三条路，三条路形成扇面——大面积地将美"围捕"。

冯远提醒冯越："注意，不能太洋！"

冯节关照冯远："当心，不要太露！"

冯越谈体会——"拘守传统没前途！"

冯远讲观点——"东方精神要把住！"

来！搬开沙发，移掉大橱，挂上画布，冯越、冯节给冯远的《英雄交响诗》批上"分数"。

褒者说了：

《英雄交响诗》借用英雄的主题，《英雄交响诗》反映革命的征途，《英雄交响诗》表现伟人的风骨。

贬者说了：

《英雄交响诗》格局有点陈旧，《英雄交响诗》人物过于繁复，《英雄交响诗》空灵感不足。

作者领悟了："你们帮我把颜色涂一涂！"

作者微笑了，亲手将画面的赘疣来删除。

快！摊开草稿，解剖造型，分析角度，冯节、冯越对冯远的《长城》进行"互补"：

"运笔辛辣，造型苦涩，气势很足"——冯节表示拥护；

"动作强烈，表情丰富，夸张过度"——冯越却不含糊。

于是，《长城》建造者对"长城"进行细致的"挖补"，女娲补天也未必有他这般功夫。《长城》给《长城》建造者带来荣誉，女娲在天上干瞪眼睛生嫉妒。女娲眉清目秀只懂得单干，《长城》建造者身后有一个"集团"作支柱！

四

世界为啥这般亮？

哦，一轮太阳，一轮月亮，挂在天上，同时放光芒。

生活为啥这般甜？

哦，一位哥哥，一位妹妹，站在山巅，啃着西瓜瓤。

再望过去，再望过去，无限辽远的地方，星星在闪亮。

冯远想：敦煌，敦煌，人和你相比，怎么如此渺小黯淡？

冯节想：敦煌，敦煌，大自然到你手里，怎么如此变幻多样？

这一定是石涛的山水画卷！这一定是《天方夜谭》中的异国之邦！你在哪里，巴格达城的渔夫哈里法？你在哪里，巴索拉的银匠哈桑？你在哪里，漂亮的公主白都伦？你在哪里，披着丝斗篷的海姑娘？

没有回话，没有声响，风吹沙砾，四处飞扬。

敦煌线条简练！敦煌造型生动！敦煌色彩辉煌！看过敦煌——方知艺术的宫殿宽宽敞敞；看过敦煌——方知审美的道路曲折绵长。

冯远在创造自己的"敦煌"。

他画夏之乐章：猫是精灵，九头蛇是精灵，男孩子飞到天上——借用儿童的眼睛，把世界重新组装……

他画古代的先哲：天是意念，星球是意念，圣贤们与大自然结合——借用传统的技法，表达由人及天的思想……

他一只脚在内——从祖先的怀抱里吮舐乳浆；

他一只脚在外——从打开的窗口外呼吸馨香。

吴道子的高峰你不要去攀登——他说："你被牵着走没有希望！"

毕加索的忠告你要举一反三——他讲："要让真诚占领你的心房！"

他捧走了全国首届金环奖，他捧走了全国青年画展二等奖。应当再增配他几平方，否则今后源源而来的奖杯怕没处放……

冯越和冯节在创造自己的"敦煌"。

他的基地——从车身到广场，从路牌到灯箱……

她的据点——从上海到新疆，从博物馆到云峰剧场……

他的过去，硕果穰穰——搞小交会，搞成果展，搞涂装……

她的未来，路程长长——到海南岛，到兴安岭，到西藏……

他是群众消费的指导者：线条、色块，都要创造新的形象。

她是室内设计的协调者：气氛、装饰，无不符合美的构想。

不要打扰他吧，他正在搭建"广告语言"的"库房"——招贴要跳，肌理要活，包装要雅；广告，嘿，得吸引过路人的目光……

不要惊动她吧，她正在构筑"第二自然"的"殿堂"——壁画要新，雕塑要美，陶瓷要好；光线，嗯，要柔和得像水一样……

五

我们的世界是三维空间，于是"三"字的组装成堆成串。

——"一"有"一"的韵味；

——"二"有"二"的风采；

——写写"三"吧，"三"是奇异的诗篇。

荒漠甘泉

你一定见过大沙漠。想想吧，灰茫茫的一片黄沙，见不到一点绿色，只有狂风卷地走，搅得周天迷雾。干涸、燥裂，使人口渴难熬。这时倘有一泓泉水，拔地而出，其甘甜，其清冽，使你汲之，吮之，回味终生。

我突然想起，1973年，早春天气，几位作曲家带来的那泓甘泉。

那真是个阴冷、荒漠的文化沙漠时代呵！所有文化艺术，均被尘封。求知无门，饥不堪忍。一批作曲家胆大，不怕套"白专"帽子，在市工人文化宫一间教室里，办了个班，教作曲。发下的教材，严格、规范，从歌曲到交响乐，从旋律到和声、配器，一应俱全。学员是基层的作曲爱好者，我忝列其中。

陈钢是领班。他音乐天赋高。最近我读到他写的《温牌记者》一文，其实他自己，也是一位温牌音乐家，一曲《梁祝》，有血有泪。他在班里，既指导，又切磋，有问必答，就像是我的一位平易近人的兄长。王万涛也是负责的，他还擅长写歌词，一首《赞美祖国》的词，在《文汇报》一发表，各地纷纷谱曲，其中一首，传唱于全国。

上课时，桑桐来了，脸瘦瘦的，戴一顶鸭舌帽，对人随和可亲。他精研"和声学"，对"多调性写作"有创见。所写的大提琴曲、钢琴独奏曲，久享盛名。他上课次数最多，带着讲义，但不大看，胸有成竹，随意发挥，仿佛溜滑调皮的五线谱小蝌蚪在他脑海里，都能排列有序，不紊不乱。需要举实例了，转头说声："陈钢，请你用钢琴弹给大家听！"于是，陈钢的十指，便在黑白键盘上，流水般划动起来。陈铭志也来讲课，他体态丰满，中气十足，人称"和声大师"。我至今记得，他在黑板上，替一首"嘿佐佐，嘿佐佐"的劳动号子，配上和声，并解释为何要这样配。

哦，那位老者，额头宽宽，挟着讲义，走进了门。陈钢带头鼓掌，大家跟着"啪啪"地鼓起掌来。他是丁善德！所写的儿童钢琴组曲，解放前就很有名；一部《长征交响乐》，反映革命题材，是中国本土交响乐的典范。这次来上课，他专讲交响乐写作，讲各种乐器如何搭配，还放了交响乐《红色娘子军》的唱片作示范。这些对我，是艰深的，但龙宫探宝，面对雕琰美瑞，就顾不得能否消化了。

我听王万涛说，这些专家，以前请都请不到。言下之意，要我们珍惜机会，好好学习。

同学之中，不乏高材生。如写《我爱北京天安门》的金月苓，如写《敬祝毛主席万寿无疆》的阿拉腾奥勒。上课时，分析《我爱北京天安门》，金月苓坐在下面听，面有欣慰之色。这使我想起了作家刘绍棠——他读中学时，课本中便有他本人的作品。课程进行了两个月，来了一位个子中等，白皙脸，眼睛大而有神，气度潇洒，然而有些腼腆的青年。我听见陪同的一位女同志向领班推荐说："这是我们工厂的，叫汤沐海，很有才华！"后来我才知道，他是电影导演汤晓丹的儿子。他学得很用功，且对人和蔼，深藏若虚。我们有时交谈，海阔天空，题目不拘。

领班把歌词发下，要全班谱曲。真是各显神通！旋律有如骤雨之脉，来势急湍；有如金戈铁马，音色铿锵；有如扛轿过桥，优哉游哉；有如疏水曲肱，清幽可人。

早春始，盛夏毕，作曲班画上句号。它是那个时代绝无仅有的一次。呵！艺术是倔强的，它会从沙漠中钻出头来，钻出头来；泉在，生命是枯萎不了的呀。

记得，7月8日上午，在上海音乐学院的草地上，作曲班拍集体照留念。算是毕业照吧。摄影间隙，我听人说，汤沐海近日报考上海音乐学院，学作曲、学指挥。那天，他穿着一件深色的衬衫，站在后排左侧第二个位置，头发松松地垂在前额上，笑容淡淡地停留在脸上。

20世纪80年代的一天，我到淮海中路一幢公寓找汤沐海。开门的是汤晓丹，对我说："汤沐海在北京。你得通过中央乐团去找！"后来，不断听到消息：汤沐海出国深造；成了卡拉扬的得意门生；经常回国指挥乐团演出；穿着黑色指挥服，挺英俊。后来读报，看到他拿着指挥棒指挥演出的照片，人越来越胖；名气也越来越响，是世界级的指挥大师了。

我这才明白：昔日小溪流，已成汹汹向前的大江！

与笑结缘

年过半百，忽然发觉：我与笑有缘。

一日，读让·诺安的《笑的历史》，书中说："当我们沿曲径盘桓时，最终会发现，每个时代、每个国家都曾经为'笑之塔'贡献过砖石。"我有所悟，于是到上海的角角落落，拜访"砖石"去了。

范哈哈告诉我许多"笑"的逸闻，并说他一生中最奇特的遭遇，是应邀到一个快要断气的病人床前，说"独角戏"，想叫他笑笑，起死回生。他一个一个地抖"包袱"，病人一次一次地昏厥。家属一边哭，一边笑，房间里乱成一团。最后病人还是撒手归天。

周柏春的笑里，常含有人生的苦味。有一次，他和姚慕双淋着雨到一个亲戚家唱堂会，自己淋得像落汤鸡，却还要逗别人发笑。"这种事情，真有点悲剧味道!"——周柏春用他那好听的嗓音，慢条斯理地对我说。

我到许昌路拜访过"小神童"。"小神童"60多岁年纪，1米27的个头。他从小就用滑稽京戏混饭吃。人小体轻的他，被对手提起来、丢过去，站不稳，骨折了。他用拐杖撑一撑，又上台了。

　　我寻访朱济苍时，有点戏剧味道。我记错了地址，只能站在老西门，心里默默地喊道："朱济苍，你在哪里？"大概是缘分的作用，那么大一个老西门地区，居然被我找到了。原来，他是位瘦弱文人，住在中华路上的一个矮屋里。屋矮，但他的笔却是高水平的，作为编剧，写了许多引人发笑的喜剧！

　　我访遍上海，一本关于笑星的"传奇"完成了。

　　有一天，有人鼓励我："何不把这些笑星，写成小说？"我文笔拙笨、粗糙，但对"笑"的钟情，使我鼓起勇气。我写了长篇小说《三教九流》。我用一句话概括这个题材：一个正剧人物选择喜剧为职业，结果演出了一场悲剧。主人公"阿松"的笑，是一种带泪的笑。

　　有一天，又有人鼓励我："何不写写旧上海的小市民？"于是我写了长篇小说《上海爷叔》。主人公"老爷叔"常常面带笑容。这是什么样的笑呢？南京的一位朋友打长途电话告诉我，他认为"这是一种惨淡的笑"。

　　这一回，没有人对我说了，我自己对自己讲：应该续写一本《上海爷叔后传》，让"老爷叔"的笑里，透出一道生活的亮色。

风，继续吹

岁月的长河，并不是每一时段，都能那样凝重；生命的旅途，也不是每一片断，都会这般沉重。

2013 年 4 月 1 日，在香港雪厂街，"文华东方"酒店楼下，这块地方，我感觉到了，什么叫凝重，什么叫沉重。

我心凝重，我腿也沉重。

我来香港几天，没承想，遇上了张国荣十周年忌日。时光是倏忽而来，倏忽而走的，要徜徉在某一时空，不容易，须等待很长时间。

突然遇上，这叫缘分。

那天下午，在香港"星光大道"，张国荣的"纪念星"旁，我已看到了如下词句：

"十年生死两茫茫，不思量，自难忘。"

舍不得离开这样的句子。我在它周围，徘徊两圈。这是苏东坡追思亡妻的词句，每个字，沾着寒凉的清泪。如今，书写的人，一定是领会到了它的内蕴，而非注重其文学外表。而文学，往往是服务于人生的，方能垂之久远。

张国荣也消失十年了。他是在十年前的今天，傍晚六点多的时候，消失的。有消息说，那个傍晚，他与人通过两次电话，一次讲："我想趁这个机会看清楚一下香港。"一次讲："你5分钟后在酒店门口等我，在正门，然后我就会来了。"结果，他真的来了，不是走来的，不是乘车来的，却是从"文华东方"的24楼，一跃而跳下来的。

对人世，对成功，对抑郁，他都思忖过。思忖的结局，是一种决绝的行动。

十年了。十年，有多长？

那天傍晚，我来到雪厂街。街的一角，人多极了。驻足，流连，举头仰望，低首寻觅。十年前那摊血，连痕迹也不见，疼痛却留在空气里，闻得到。

白花，黄花，聚成小山坡模样。红花，像一颗心，围在张国荣照片四周。留言多多，有的直白，似乎顺手拈来："十年宠爱，历久弥坚""时代跌宕里，我们永远记得您"。有的摆出诗的架势，虽不工整，有点稚嫩，但情动乎中，溢于言表："抬望星空一片静，当年情从来未停，夜阑静与我共鸣，知音同系张国荣。"还有亮着"哥哥"字眼的："哥哥，为你钟情""最爱的哥哥，共同度过，永远记得"。

哥哥！

这俩字，扫却冷的悲戚，涩的忧伤，灰的迷惘，将一汪绿色，送进疲惫着的人的怀里。

猛然，一幅字，在愈来愈暗的小街，明晃着。眼，不能不被牵过去——"光明与磊落，你是颜色不一样的烟火。"

这就是了，烟火腾空而上，总是瞬间熄灭的；不灭的，必定是颜色不一般的，别样的烟火。

暮色浓得化不开。人流停滞了，一种格式：默默的，挤挤的，思索着的。格式，其实是心的模式，出奇地规整。

我进不去，就在街的另一侧，站着。

六点到七点之间那个敏感时刻，是一个疼痛的节点，是烟火的颜色被永远定格的瞬间。

人们哼起了哥哥的名曲，声音哽咽："风继续吹，不忍远离，心里亦有泪，不愿流泪望着你……"

分明觉察到有眼泪，伴着疼痛在流，虽然，不愿流泪望着他。

风，继续吹。

"人能常清静，天地悉皆归"

　　我平素爱同道士打交道。时间一久，"仙气"没有得到，养生之道却耳熟能详了。

　　道家的养生秘诀很多，其中一条便是："人能常清静，天地悉皆归。"说白了，就是：一个人倘能长久地清心守静，天地间的精华便倾其所有尽数归你！

"脱人之壳，与天为徒"

　　道士告诉我，"清静"是道家处世的一条准则，唯有"清静"，才能"脱人之壳，与天为徒"。这样，"内观其心，心无其心。外观其形，形无其形"。人到了这种忘我境界，什么烦恼也没有了，大自然的精、气、神被充分吸收进人体，人就能祛除百病，健康长寿。

　　每天一早，晨曦微露，道士们便毕恭毕敬地做早功课。诵经者必须做到："严整衣冠，诚心定气，叩齿演者，然后朗诵。慎勿轻慢，交谈接语。务在端肃，念念无违。随愿祷祝，自然感应。"这是步入"清静"之前的必要准备，否则难以与天"七窍相通"。待到一切准备好，就开始做早课，念《太上老君说常清静经》。一时间，真是经声朗朗，声震屋宇——

"夫道者，有清有浊，有动有静……人能常清静，天地悉皆归。"

上海"白云观"的苏宗赋道长，是坤道，属"全真派"。她从小体弱多病，患有神经衰弱、痔疮、胃下垂，还得过癌症。但她深研道教，遣欲澄心，努力做到"真心清静道为宗，譬彼中天宝月同，净扫迷云无点翳，一轮光满太虚空"。70 多岁的时候，许多疾病反而好了。

道士朱掌福，别人称他是"空心菜"——烦恼不上心。他的理论是：人不能自找矛盾，私心杂念就是产生矛盾的根源。心里明朗一点，矛盾就没有了。他对我说："我每天要笑三笑，当然不是瞎笑（瞎笑，别人见了会害怕，以为你发神经病），而是愉快地笑。早晨出去，树木吸我的精、气、神，我吸树木的精、气、神，我觉得很爽快，一笑；中午睡了午觉起来，感到舒服，一笑；夜里睡上床，觉得今天一天过得很好，一笑。"因此他身体很好。问他生不生病，他眼一瞪——"没有工夫生病！"

朱掌福擅演道曲，拉得一手好胡琴。在他看来，《风入松》《香偈》《玉芙蓉》《请将偈》《春夏秋冬四景偈》等曲子，都能使人解闷去烦，恬淡清静，六欲不生。尤其是"烧香曲"——《信礼无上大罗天》，描写祝寿时刻，香所散出的烟柱波浪式地升上天空。听着此曲，人也轻飘飘，腾云似的飞到空中，"与天为徒"了。

"有事则应，无事则静"

道士们虽同香炉做伴，口念"快乐无为，逍遥自在"，但毕竟活在人世间，世俗的纷扰一来，也难免会不自在的。对此，他们有一个传世的秘方，可破除困扰，叫做"有事则应，无事则静"。树欲静而风不止，天地间常会发生各种事情。来了，就"接待"，就应付；去了，就"烟消云散"，依旧保持"清心净意"，不让思绪再被那件事牵过去。该"应"则"应"，该"静"则"静"，躲开纷扰不现实，陷于纷扰不自拔更不足取。

"全真派"道士吕宗安，曾是玉皇山"福星观"上海分院的当家。他总在想："彭祖寿高八百年，颜回不幸少年亡"，彭祖活800岁尚且要去世，我们活短短几十年，还要烦恼什么？所以他清心寡欲，保养真气。1966年，红卫兵闹嚷嚷，上他家准备翻箱倒柜，找寻封建迷信的罪证。子女都很生气："爸爸、爸爸，不能让他们翻！"吕宗安则认为时局使然，生气有何用？"天地自然，秽其分散"，污水弄不脏天地，是因为天地充满真气，最堂堂正正。自己做人不怀鬼胎，将来总会得到平反。所以他神态平静地对红卫兵说："你们翻好了！"结果翻了一夜，掘地三尺，也没有寻到"罪证"。

红卫兵扬扬手："哦，对不起，对不起！"闹哄哄出门。

吕宗安扬扬手："哦，对不起，对不起！"笃悠悠关门。

当晚，吕宗安一觉睡到天亮，身也没翻一个——他又进入"此心寂然，此身兀然"的清静世界中去了。

作为一种宗教仪式，道士差不多每天都要在道观里，替死者做超度一类的法事。于是，"有事则应，无事则静"的道家哲学，又成为劝慰死者家属的最好"药方"了。

"欧欧欧……欧欧欧……"有位妇女死了丈夫，在做法事之前哭得很伤心。

某道士想劝她节哀，可总是被"欧欧欧"的哭声打断。大概是这个"欧"字，使道士想起了欧洲。欧洲不是出过一个莎士比亚吗？莎士比亚不是有一句名言在此刻很适用吗？于是该道士声调委婉地劝慰道："莎士比亚说过，'适当的悲伤是对死者应有的情分；过分的悲哀是摧残生命的仇敌!'"

不用说,道士的引经据典起了作用。莎士比亚没有到过"老君堂"和"真武殿",然而作为人类的一种哲学思想,莎翁与道家的"常应常静"观是一线牵的。

"水善利万物而不争"

有位道士在讲到"人能常清静,天地悉皆归"时,劝我观察一下"水"。

他说:"'人往高处走,水往低处流。'水一般总是在下面的,不会出人头地。然而道教偏偏讲'上善若水',这是因为'水善利万物而不争'。"

所以,"清静无为"不是真的什么也不为,而是要去做那些有德性、有利于天地、有利于他人的事。这是道家养生哲学中最有光彩之处!吕宗安告诉我,1937年日本侵略军打进杭州,把居民的房子烧光了。难民们扶老携幼,逃到玉皇山上。当时玉皇山"福星观"的当家道士李理山,认为道家虽是"方外之人",但国难当头,有责任救国救民,担负起天下的兴亡;道家的"清静",离不开国家的安宁,只有"善利万物",做有利于抗日和保护同胞的事,才能与天地同在,"可得永年"。于是,李理山和吕宗安等道士毅然停止了"福星观"的宗教活动,花了十万银元,在山上扩大了一个洞,作为"难民收容所",并发动道士在洞里铺稻草,让1 700多位难民在洞里避难。日本兵上山寻乐,道士们在洞中找了个更高、更隐蔽的地方,让青年女子躲避起来,免受侵略者的蹂躏。

李理山以"利万物"作为"清心守静"的最高准则,因此能"吐秽除氛""却邪卫真""一得永得,自然轻松"。他一生尽管命途多舛,然而气宽寿长,活了将近100岁。

1990 年 7 月，以 84 岁高龄去世的原上海道教协会会长李锡庚也是如此。他从 11 岁开始做小道士，就以德行著称于当地。由于出身穷苦人家，对穷苦人从心底里同情。凡是有利于周围老百姓的事，他都乐于去做。例如，在旧社会利用道观为穷人的子女办小学义务教育，用化缘得来的钱救济难民，对穷人施衣施粥；解放后乐于资助生活拮据者，为周围一带群众做好事。所以，李锡庚在本地区的口碑不错，群众对他的评价是两个字——"好人"。

我有幸在李锡庚生前见过他一次，谈了一个多小时。他一生没有毛病，注重"清静无为"。这种"无为"同样以"利万物"为前提。如今，每当我路过他曾居住的关帝殿前，总是伫立良久，默默追思他。

翠河浪

我乘着一艘机帆船，沿着翠河回故乡去。

春汛，给翠河带来满河银亮亮的水。河面上腾起千万朵浪花。船被浪簇拥着，从容地顺着翠河，蜿蜒在群山之中。

我的前面坐着一位老者和一位青年。他们指着群山，在说着什么。那位老者看着怎么这样面熟？哦，我想起来了，这不是在银幕上常见到的电影演员郑峰吗？

他俩上哪儿去？那青年又是郑峰的什么人？我禁不住和郑峰交谈起来。在拍打船舷的浪涛声中，他给我讲起了故事。

这时，机帆船驶过了桃花渡。渡口旁的山坡上满是桃树。粉蝶似的桃花倒映在河里，好似一片红云撒进去，把浪花染成红玛瑙。

生活，有时会像这红玛瑙，忽然在人面前展开一个红灿灿的天地。"不久前"，郑峰说，"我接到一个电影剧本——《翠河浪》。写的是一位将军，在翠河畔揭竿而起，带领群众打土豪分田地，直到全国解放。这当儿，他从 18 岁到 40 多岁，挥戈跃马，度过了 20 多个春秋。我将在这影片中扮演将军。以往我得过三次奖，五次出国。如今我生命之光将重新亮起来！我体型发胖，皱纹弯弯，上眼睑朝下塌，鼻唇沟凹下去。可我狠下决心：切开头皮，拉平皱纹；早起晚睡，来回跑步；每顿少吃，减肥消胖——这一切都是为了夺回失去的青春容貌，为了演好这个角色！……"

机帆船顺水驶着。两岸山巅上，一层云雾缭绕着，像是依依地眷恋着山岫。从河里看云雾，河水也变成白蒙蒙一片。

人，有时也像走进雾境，迷惘、混沌一片。那天，郑峰去找青年演员张侃，把修改后的《翠河浪》剧本给他，请他提意见。张侃的脸上，好像有层淡淡的雾霭没有揭开。他沉郁地说："剧情早就知道了！"就匆匆地走了。

火车站上，一片繁忙。南去的列车，将载着郑峰和《翠河浪》摄制组的其他成员，到影片中将军的原型——1958年解甲归田的秦将军那儿去体验生活。车窗旁，来送行的美工小李告诉郑峰，张侃曾对他倾吐过一段心里话："我这演员，进电影厂八年。八年，一场抗日战争都打完，我却还没好好上过银幕！《翠河浪》写一位将军年轻时的战斗生活。我太爱这本子啦，我觉得自己能演好这角色。本子快定稿，我悄悄给厂领导写信，要求接下这角色。领导说同意让我试试。过了几天，领导又找我：'同你商量一下，郑峰也想吃下这角色。他是名演员，又是老演员，就照顾照顾吧！你年轻，往后有你试锋芒的！'我点头了，心里想不通，老郑以前对我说：'多多实践，包你能成！'现在机会来了，却……"

郑峰不知道这回事呀！领导也没告诉他有张侃这回事呀！"雾"拨开了，可火车已经启动了……

机帆船向前驶着。现在，两岸是一片翠竹林，绿得像要滴下油

100

来。翠河也给映绿啦,绿得深邃,绿得使人凝神深思。

生活,你也是深邃的,催动人深深思考。郑峰走后的第三天晚上,张侃回家推开门,忽见郑峰匆匆地站起来,笑嘻嘻地,仿佛突然从天而降。张侃惊奇地:"你不是下乡去体验生活了吗?"

"是的,可我又回来了!秦将军帮助我深入理解了角色。他说:'翠河后浪推前浪,世上新人换旧人',他们老一辈把江山交给了后辈。而我又何必饿肚熬夜、折磨身体,勉强去演将军呢?你气质好,年龄又同剧中人相符,就由你来演!让我也当一朵浪花吧!"

"浪花?"张侃一愣。

"翠河里的一朵浪花,推动众多的浪花前进!"我听着听着,不禁入了神。不用说,眼前的青年就是张侃。郑峰陪着他一起到翠河地区秦将军那里去体验生活,帮助他掌握角色的神韵。

船靠岸了,郑峰和张侃向我告别。我望着翠河,它拐过群山,波涛滚滚地流着,后浪推着前浪。呵!我看到了,浪花丛中有那么一朵小小的浪花,似雪花一般洁白,像翡翠一般晶莹……

翻山越岭寻儒商

太平盛世，报端却见"枪"来"剑"往，两军搏杀——一派称：世无儒商！儒自儒，商自商，离则两宜，合则两伤；一派称：世无儒商？儒商是历史的存在，决非虚立名目，追赶时髦。

儒商是有是无？看纸上对垒，终觉云里雾里，溟蒙昏塞。这回决定：跟随专家学者们，翻山越岭，实地找答案去！

我们驱车12小时，行程400余公里，来到黄山市屯溪——古徽州地区。远山如涛，在天际腾翻；近柳似烟，在河边微漾。横江烁烁，率水粼粼，合聚成天下闻名的新安江，向东流去。首届中国徽商研讨会，在此召开。一时高朋满座，惊论迭出。尽管发言有砖有玉，评估含瑕含瑜，但对于"徽商是中国儒商的源头""徽商是徽州文化的酵母""徽商队伍需要在当代重建"等论，几成共识。

呵！"地钟淋沥秀，俗爱古风淳。"黟县桃源的明山秀水，歙县棠樾的明清牌坊，西递民居的楹联对句，向我眉目传情，诉说秘奥：正是这方烟风霞韵之地，养成了代代"贾而好儒"的生意人。儒商啊儒商，不但存在，且渊源有自。我舒开双臂，吸吮着古徽州的温润空气，真想同古代儒商们会会面。我依稀见到，一队接一队"徽骆驼"（明清时代徽商的美称），拖着扎满茶叶、药材的人力车，走密林窄道，越浮岚飞翠；驾着装有盐和布匹的运输船，穿宽流狭涡，绕危礁险滩。他们嚼诗书，通文墨，讲礼义，重信誉，将徽州儒风携出大山，泽被扬州，辉耀南京，光盖四海；发了财，又回报桑梓，加固徽州的"物华天宝"。

眼前浮起幻觉：有人影儿过来。这位叫江春，乾隆一朝的盐商。他做生意，腰缠万贯；他做诗文，佳句成串，颇有"诗成珠玉在挥毫"的胜境。他办的"秋声馆"，是"诗万首，酒千觞"的文人荟萃地。乾隆皇帝与他相善，又使天下读书人眼红。他在扬州，常捐款救灾，一次多达二三十万两。在徽州老家，献资修路、买义田，赈灾扶贫，做大量好事。哦，那一位，叫鲍志道，嘉庆一朝的盐商，"藏镪百万，号称江南首富"。袁枚、罗聘、邓石如均为其座上宾，且以诗书为其张扬商界声名。想是"亦贾亦儒"的信条在心中落了根，他除了捐资修祠堂和牌坊，还在南京设"考棚"，类乎当今招待所，让"手心一把汗，胸中别别跳"的徽州考生，在争跃龙门前，有个蓄锐养精之地。那边斯斯文文一位，是胡天注吧，所营"胡开文墨店"，至今仍留墨香。他临终给子孙一纸"分家阄书"："分店不起桌"，"起桌要更名"。起桌者，制墨也。制墨必须在老店进行，分店只能代销，不能另起炉灶，以此来确保"胡开文"的牌子。唉，真想起胡天注先生于九泉，给我们做报告，题目呢，就叫《如何保名牌信誉》。

神思正悠远，忽被一口广东普通话捎断！眼镜搁头顶，嗓音掀气浪——暨南大学潘亚暾教授提醒我们：眼光还是要从历史抽回到现实。譬如东南亚一带儒商，今日有新打扮，并非一律西装革履，而是常穿花衣服、短裤、人字拖鞋，俨然"打工仔"形貌，既自由方便，又能自我保护，不遭人绑架。他们或以等身著作，往来工场；或以传世令名，跻身商界。谈墨子荀子，与谈集资投资同般内行；论"韩潮苏海"，和论"价格利润"一样娴熟。他们钱和书都有，写作经商双管齐下。平日里，以诚待人，以信接物，以义取利，一派儒雅之风。

对了，古墨古砚可依样复制，古代儒商衣钵却不能照单全收。从道光《徽州府志》，从休宁《茗洲吴氏家典》，从棠樾《鲍氏宣忠堂支谱》，从绩溪《西关章氏族谱》，历史以泛黄的章页给我们捎下话语：江春、鲍志道、胡天注们，是封建性商帮，只在商品流通领域贱买贵卖，一显身手，他们尚不懂办厂，不懂投资产业，不搞票号，不会促进商品经济转型。即使满口人伦纲纪，也属"儒门礼乐""圣代衣冠"。今日要让一代儒商崛起，就要打开窗，让他们更新观念，更新知识，呼吸社会主义市场经济的新鲜空气。听听潘亚暾教授铜钟般的声音："新的儒商，应该是有较高的文化素养，良好的道德品质，见利思义，对社会有贡献！"

儒商之歌动听。儒商之歌难唱。清代《镜花缘》中，那位说"酒要一壶乎，两壶乎"的酒保固然不是儒商；当代市廛声里，那些赞助文化事业"三万好吗？五万好吗"的大款，也未必都称得上儒商。

天高，云淡，风轻。我们返回时，汽车仍在山路上盘旋，思想却在云霄间放飞。

这个世界会好的

来到马陆镇，有人诗情勃发，有人歌喉嘹亮，我却倚窗沉思起来……

一

在马陆，我思索着哲学。

哲学是沉重的，它同改天换地挂钩。很多人因为挑不起它，而自动卸下担子。然而，20世纪有位哲学家梁漱溟，偏偏立下一个沉甸甸的大志：搞中国的乡村建设。

换今天的时髦话说，就是提升中国农村的品质。

梁漱溟被称为"中国最后的儒家"。他想把儒家的理念，包括圣人的道德，统统灌输给农民，从文化入手，将中国的农村提升为一种团体政治形式。广东、河南、山东，都有他的试验地。他撤乡，并乡，重新划分自然村，在军阀眼皮底下，画起了新农村的蓝图。

他很快感觉到，自己是在一厢情愿。正如有人所评价的，他靠着封建军阀在搞改革，人民好比豆腐，官方力量强似铁钩，握铁钩的人一帮忙，豆腐必定受伤；同时，他还脱离农民，没有让农民得到实实在在的好处，所以，他的试验地里，只有袖手观望的农民，没有行动起来的农民。

哲学脱离了农民，就是脱离了人！

梁漱溟晚年有 30 万字的口述，出版时，书名叫《这个世界会好吗》。这 30 万字里，他依然认为，中国是以农村为根本的，"这一点不能改，也不会改"。

梁漱溟一如既往，肯定了农村的重要性。但如果按他的"乡村建设"模式去做，这个世界会好吗？

二

在马陆，我思索着哲学。

哲学的沉重，有时在于它的似是而非。似是而非，就是表面上的高姿态，响喉咙，顺理成章，天经地义，千军万马，压倒一切。要质疑它，反而会使质疑者理屈词穷；要扳倒它，扳的人自己会被碾成碎片。

31 年前，我在邻近马陆的一个公社，住了三个月，调查农村情况。今天，我找出当年的采访本——纸张泛黄了，笔迹淡化了——但记忆还是连成了一条小河。

那个时候，强调斗争哲学，割资本主义尾巴。有对夫妇，都是裁缝——一个利用收工后的时间，一个利用星期天——帮人做裁缝，每年有 1 000 元收入，被上面定性为"日公夜私"，列入"批判"范围。

排阶级斗争动向，更是生产队的家常便饭：哪个四类分子把黄草秧挑到镇上，摆摊头去卖，应该批斗啦；哪个四类分子汇报了另一个四类分子的动向后，被后者打一顿，要追查啦。

五彩的口号像焰火一般洒满天空，什么"泥块要像田螺，埂头要像公路，沟渠要像铁路，麦子和泥要像摆过"……出了大力，流了大汗，家家户户依旧贫穷。

哲学再一次把人甩了。生活的沉重，像是在为哲学的沉重买单。

我料定，当年的马陆，也是同一片云彩下，同一种风景。这个世界会好吗？

三

这个世界会好吗？哲学既然是解释世界的，哲学就必须作出回答。

我庆幸我此刻来到了马陆，盛夏的骄阳下我如沐春风。我找到了一种感觉——哲学变得亲切了，脚踏实地了，与人连在一起了。

在马陆，我听得最多的一个字，便是"人"。

在探索农民新家园建设的路子时，马陆提出：让农民生活过得像"城里人"。

在就业机制市场化中，马陆打算：创造就业机会，让更多的"社会人"重新变为"单位人"。

在加强进城务工人员的人性化管理上，马陆把他们看作"新马陆人"。

在马陆葡萄园，特地培育了一种新品种葡萄，适应对象是：糖尿病人。

营造招商氛围，马陆提出的口号是："人人都是投资环境""人人都是马陆形象"，突出了"人"。

镇党委书记费小妹的口中，念念不忘的是这样一句话："以人为本。"

行走在马陆的土地上，处处是胜景：希望城光彩照人，世纪广场灯火耀眼，农民别墅鳞次栉比，外资公司拔地而起。我顿觉眼前一亮，这不就是一条提升中国农村品质的新路子吗？这可是梁漱溟先生梦寐以求的呵。梁先生地下有知，会笑出声来的！

哲学以人为本，生活就有味道。马陆的一切告诉我们：这个世界会好的！

会说话的手

一

忽然间，她仿佛跨进了另一个世界。

这里，是如此静谧：听不见任何说话的声音。这里，是如此神秘：只见一双双手在急促地比画着。

她伸出手，也想挥挥、摇摇，表达心中的话语，然而，十个手指像被粘连着，笨拙，生硬，不听使唤。

几个男同学见状，课没上完，跳窗溜走了。她茫然失措了，面对这一群有苦难言、有耳失聪的聋哑学生。

18 年过去了。窗外的绿树会告诉你：她——顾爱玉，上海市第四聋哑学校的教师，成了全国优秀班主任、上海市先进教师，为探索聋哑人的教育流下了无数汗水。

诗，应当献给她那双会说话的手……

二

一排排——奶黄色的楼房，一间间——铮明瓦亮的教室，一位位——和蔼可亲的老师，在对学生说着什么。他们还一起乘车，到柳丝轻摇、桃花灼灼的苏州城游玩……

电视荧屏映出了工读学校的这组镜头。聋哑学生施春泉看着看着，笑了，还咧着嘴。他用手语告诉顾爱玉老师：工读学校课堂比我校大，学习生活比我校丰富，还能上苏州玩，而我们最远只到过西郊公园；如果能上工读学校，真不错！

一朵愁云，爬上了顾爱玉的眉心。施春泉平日自由散漫，顽皮捣蛋，他曾用两块吸铁石把同学的耳环吸住，出人洋相。顾爱玉告诫他：如不受纪律约束，发展下去，早晚会犯错误进工读学校。可他，却认为进这类学校没什么不好。

施春泉，你是多么可笑呵！可这又怎么能全怪你呢？这是只看画面、听不见画外音所带来的苦果呀。聋哑人对周围事物的感知存在局限性，常常以局部、个别，代替整体、一般。

对，把工读学校的性质告诉他，把那些学生进校原因告诉他，把老师千方百计挽救失足青少年的事实告诉他，使表面化的认知深入一步，片面性的认识全面一些！

顾爱玉的十指翩翩舞动，如花，似蝶。一句句话儿，像信号，传给了施春泉。

施春泉站着，像一尊粗犷的石像。他仿佛生平头一回，领略了一个被揭晓的谜。

这以后呢？告诉你吧——施春泉三年来进步较快：自己做好事，还在夏令营帮助同学做好事；热爱劳动；看到同学有困难，便解囊相助……

三

难道有这种事，坐电车不买票？可同学们明明揭发说：是她——

女同学小凌!

小凌这样回答顾爱玉:"车子挤,售票员忙,我无法买。"脸上风平浪静,手势不慌不乱。

"有几次了?"顾爱玉问。

"三四次。"

这是一种什么样的逻辑啊!健康人一半是靠听觉来接受道德规范的,聋哑人没有正常人的语言能力,同社会接触少,对道德准则了解少。但这是不容忽视的思想苗头!顾爱玉从低年级起,便注意把道德教育渗透到哑语教育中,促进他们品德的健康成长。现在,当然不会轻易放掉。

她对小凌"说":逃票是一种侵占国家利益的行为。她对小凌"说":"买票是每个公民应有的道德。"

小凌从老师热诚的眼神里,从老师耐心的手势中,又明白了一个道理。她主动拿了两角四分钱,写了一份检查,送到电车三场。顾爱玉写了条子,把这个"信息"告诉了家长。

第二天,家长也写了回条,不相信孩子会有逃票行为。顾爱玉明白了:这位家长只关心聋哑子女的吃穿,对孩子的品德教育却忽视了。她上小凌家,要小凌自己打手语,把事情的底细全"讲"给家长听。

家长顿然省悟,表示一定要配合老师把教育孩子的担子挑起来。

四

这是生活中又一个真实的镜头。

上语文课时,顾爱玉用手语问道:"《少年闰土》中的主要人物是谁?"

学生许勤忠用手语答道:"闰土。"

顾爱玉又问："中心人物是谁？"

勤忠愣了，用食指在太阳穴上从上划到下，表示"不知道"。

另一堂课上，顾爱玉问："为什么说劳动最光荣？"

许勤忠按照自己的理解，答得很好。

考试时，顾爱玉换了"花样"，另出一道试题：劳动的意义是什么？

许勤忠写写，又划掉，留下个大大的空白。

聋哑人，思维能力受限制，一个概念，稍微变换一下，就无法理解了。

许勤忠泄气了，用小指点点脑子，摇摇头，再用两只拳头上下敲敲，表示对读书失去信心，想去做工！自卑感，像浓黑厚重的阴云，压在他胸口。顾爱玉想：要教好语文，首先要驱散那片恼人的阴云，让明灿灿的阳光透进来。

快！找来美国女作家——盲、聋、哑人海伦·凯勒的著作，讲讲她是怎样奋斗的。快！组织学生看日本影片《典子》，并讨论张海迪的事迹。许勤忠用右手在左手手心上点一点，表示这些人的困难比我大，成绩却很惊人，我要发奋学习。

妈妈从外地来沪，要许勤忠学好以后将来参加工作。妈妈手语不熟练，许勤忠误会了，以为要他不读书就工作，他忙表示：

"我要先学习好！我要先学习好！"

许勤忠的语文水平提高了。全班同学的语文水平提高了。他们的语文成绩在全校夺了魁。

18 年过去了。顾爱玉老师在聋哑孩子中间生活得更加充实，更加愉快。

门

　　小街现在是复归宁静了，走在街面上，连风吹树叶的声音，也听得出，是针叶树还是阔叶树。一边是十几幢洋楼，笔直排开；一边是被打开的宽阔地带——在树木和楼房的间隔处，远远望得见，黄浦江的船只，以及对岸的浦东。

　　我60岁生日那天，又来到这小街，在一排洋楼当中的一幢，看望那扇门。它是我的故旧。我从18岁起，天天从这扇门里走进去，上班。这是一家报社，全国有名的，在几十年风雨中，好几回，被推到风口浪尖。如今，报社迁走了好多年，这幢楼，依旧在，只是改换门庭了，成了高级商务办公楼，由洋人承包。门卫用异样的眼光，问我找谁，我笑笑，说是来看看老家。他一脸木然，没听懂。我对他说："我在这里好多年，楼上楼下，每间屋都很熟呢。"他似乎仍未理解。

　　我不再解释，也不怪他。谁能读懂我此时的心情？唯有"少小离家老大回"的贺知章！只是，他的诗句，得改成"门卫相见不相识，笑问客从何处来"了。

　　我从门口踅出，慢慢地，在小街徜徉。想起来了，1965 年 9 月 1日，18 岁的我，怀揣一张录取通知，走过乍浦路桥，来到这条小街。我顾不上欣赏右边那一幢幢欧美风格的高大建筑，顾不上眺望左边英国领事馆的宽大楼房，而是脚步匆匆，走向小街正中，那家报社的门口。小街是如此宁谧，没有车轮滚动，没有人声喧哗，甚至路上，也不见几个人影。我太高兴了，今后我就要在这样一条安静的小街，这样一扇神秘的门里头，开始谋生了。那天以后，别人问："你在哪里工作啊？"我会十分得意地，讲出报社的名字，仿佛这是藏在我心头的骄傲。

　　小街，在我的眼里，只宁静了不到十个月，便喧闹起来。突然，大字报开始贴到报社门口，喇叭里高声喊着口号："横扫一切牛鬼蛇神！"时有大卡车，载着戴有纸糊高帽的人，在游街；游到报社门口，会停下来。某日，一个瘦弱的老头，犹犹豫豫，跑到报社门口，找编辑部人员反映："有个人走到我家，不分青红皂白，抽我耳光，还把我那双银筷子给没收了！"问报社能不能派人去调查一下。

　　"你是黑五类吗？"门内出来个人，问道。

　　"是。"老头迟疑了一下，答道。

　　"那是人家造你的反！"

　　老头愣怔一下，看看没什么指望，闷头走了。

　　门口，是越来越嘈杂了，让在大楼里工作的编辑记者，静不下心来。有一天，下班回家的我，刚走出门口，踏上小街的柏油路，便被前面路中央的一堆火，拦住去路。原来，成千上万本精装书籍，横七竖八，躺在路上，被大火逐渐吞噬。烧书的是一群人，围在四周，笑着，拍着手，给他们心目中的"四旧"送终。

　　小街上的门，有一连串，独有这扇门，动静最多。又是新的一年到了，元旦刚过三天，我去上班，离这扇门还有几十米远处，便听到门口的喇叭中，高分贝地，播送着革命歌曲，一个消息有点震耳朵：报社被造反派夺权了，昔日的老领导呢，被隔离到秘密之处，看管起来。夺权，这在1949年之后的17年时间里，在新中国960万平方公里的空间内，属于头一遭。想都不敢想的事——一个单位的头儿，路线走"歪"了，可以将他的权夺过来，然后坐到他的位置上，"拨正"方向盘，把路走正。石破天惊的发明，如今被这扇门里的人，拿到了"专利权"。报社内部，翻天覆地了。小记者、普通编辑，开始掌管一家媒体了——以前，这是需要市委宣传部点头的。一捆一捆，散发油墨香的报纸，刊登着夺权宣言，被装上停在门口的大卡车，沿着这条小街，运往工厂、农村、学校，运往机场，送到全国各个角落。小街上人流穿梭，都瞪着好奇的眼，来看热闹。自然，也有人，怀忐忑之心，到门前，探头探脑，不肯走开。他们想：事情闹大了，你们该怎么收场？

日子，是挨着过的。这扇门，熬过了惊心动魄的三天，门里门外的人确实不知道，接着而来的，会是什么。奇怪的是，门并没有坍塌，门楣还突然光耀起来，好像上天在保佑着。三天后，小街忽然沸腾了，墙面上的标语，字写得大大的，撇捺勾竖——像是要伸出手来，使劲报喜。夜深了，灯火依旧通明；从门口进出的人们，一脸喜气，口传着好消息：夺权，得到了上面的表扬，评价高得很。

于是，门里面的举动，被目为创造了历史。

门，还是这扇门，自此神圣起来。对它是仰视，抑或蔑视，不是鸡毛蒜皮的小事了，是"革命"还是"不革命"，是"不革命"还是"反革命"，一条看得见的分水岭。

早春二月，门口忽然出现了一批居委干部——里弄大姐。人越来越多，从全市各个角落，聚到这里。她们说，里弄里斗她们斗得很凶，说她们是"当权派"，走资本主义道路。有的坏分子，对她们打击报复，说要偿还旧债，给她们点颜色瞧瞧。

啊呀，平日勤勤恳恳为居民做事，够不上干部级别的里弄干部，被当成了揪斗对象，这一锅水被搅得太浑了！

望着她们那凄苦、受委屈的脸，门内的编辑记者再也坐不住了，在报纸上，发表里弄干部的来信，写社论，大标题是：斗争里弄干部，大方向就是错了！在得到了上面的肯定后，局面扭转了。门口，里弄大姐的身影忽然减少了，有的，也是来表示感谢，报一声平安。

似乎是上苍，注定了这扇门的不安分。下一年的 4 月，桃花笑春风的季节，门前的小街上，人群又挤得慌了，一个个，在争读门里散发出来的传单。传单上，印着很多个"为什么"，但只提问，不给答案。有位老者，问门里的人：印这么多"为什么"，到底为什么？门里的人依旧不给答案，神秘兮兮地说："请独立思考！"

看上去，这不像读朦胧诗，不像猜灯谜。这年头，独缺雅兴，十有八九是摊上大事了！

很快，全上海的人都知道了，这是在怀疑那个戴眼镜的张春桥！他那副眼镜片后面，是一双捉摸不透的眼；如今，有人硬是要对"捉摸不透"，来一番质疑了。

当然，门里门外，知情权有级差之分；门里的人，有几位，是知晓张春桥搞两面派，对上阳奉阴违、篡改指示，以及历史上有问题的。

于是，这扇门，在 1968 年的这一天，成了敏感度最高的门。据说，这一天，王洪文也来到这门口，他当然是来帮张春桥讲话的，他将自己的命运，同张春桥的命运，绑在一起；却在门口，被拦住了。

他很诧异，也很气愤，以自己是堂堂工人阶级的一朵"奇葩"，想必在全上海畅行无阻的，结果很没面子，吃了闭门羹。他报出了"王洪文"三字，等待着门卫现出惊讶脸色、毕恭毕敬迎他进去，不料听到的，居然是硬邦邦、带点粗糙的喉音："王洪文也不能进！"

他，领教了这扇门的坚硬，只好悻悻然，退出门口。

但"奇葩"毕竟炙手可热，小小一扇门，想阻挡他，太不自量力了。过了一天，他同市里的几个头头，就从门口高傲地走进来，上楼，开了个全报社大会。门里头的空气，顿时捎带起惊恐来。大会场，坐得满满的。王洪文披着一件外套，坐在主席台正中。我至今记得，他板着脸，对台下的几百张脸说："怎么？你们这里是独立王国？"

那时是要铲除一切"独立王国"的，连一点点与"独立"相粘连的碎屑，也要剔除干净。门里点燃的这一把炮打的烈火，终于没能撑持两三天，而以彻底被浇灭告终。参与行动的那些勇士，或被关进这扇门里的一个厕所间，隔离审查；或被撵出门外，在远处一个不知名的暗角落，关押，审讯。

门里的勇士们，很快就领教了张春桥报复人的手段：一是不动声色，让你尝到他的阴狠，却有苦说不出；一是"长流水，淌不断"，隔三岔五，瞅个机会就敲打你——春夏秋冬，一阵风来了，要收一下骨头；一阵雨来了，要收一下骨头。

一个金秋的十月，并无任何仪式感，偶有落叶，在门前被风翻飞，也翻得中规中矩，毫无异样。然而，天下出现了大动静。十几天之后，报社开会，有重要消息传达。进会议室之前，我问编辑部那位头发过早变得花白的年轻人："宣布什么事？"他似乎已经了然于胸，说："这件事将来是要载入历史的。"果然，篡入高位、结成一"帮"

的四个人，被抓起来了——其中包括：被报社的勇士们炮打过的，以及在门前被阻拦过的。

白头发的年轻人，所言极是。历史，要翻开新的一页了。

门，又一次陷入不平静。它总能在关节点上，领略历史的风采。门前有游行队伍，高昂地走过。有鞭炮声，响彻小小一条街。忽然，门前聚拢了不少人，急于冲进去，找报社头头，清算这张报纸过去几年，在"极左"路线下，版面上所留下的劣迹。这扇门的防线，一下子垮了，人们闯进来，踢踢踏踏的脚步声，响在楼梯上。他们敲着各楼层办公室的门，问谁是总编辑。有的部门正在工作，干脆将门关上，任由他们"嘭嘭嘭"，把门敲得山响。

这扇门里的男男女女，在之后的岁月里，跟随历史节拍，直抵时代的新岸。印刷厂——那飘逸着油墨味，待上几分钟、便会让鼻孔熏黑的印刷厂——就在门内30米拐弯处。崭新字句、崭新腔调的报纸，从印刷厂的轮转机上，瀑布般、源源不断地印出来。

某一日，粗黑的标题上，出现了《伤痕》两个字，那是一篇小说。某一日，好几个版面上，有人物，在声泪俱下地对话，演绎剧情，那剧目，名叫《于无声处》。

小街现在是复归宁静了，这门口，也复归宁静了，好像什么事都未发生过。再热闹的舞台，也有曲终人散之时。但这种宁静，与先前的宁静，总归有点不同；人，不可能两次跋涉同一条河流，历史也一样的。

我在60岁生日这天，专程赶来，看看这扇门。门口，有我半辈子，来来回回，叠加起来的脚印。我默默寻索脚印，肃穆得有点像一个门徒。其实，世上的门徒，是各种各样的。尼采说，他心目中，有一种不受欢迎的门徒——对任何事情，不会说"否"，或者只会说

"差不多"；屈服于公开打击，选择做平庸者。当然，又是他在说："需要有一个勇敢好战的灵魂、引发痛苦的意愿、对否定的热衷和一副坚硬的皮肤。"

　　我手扶门框，留了一张影，算是六十耳顺，送一份礼，给自己。

空山新语

我随友人尧尧，沿着蜿蜒小路，进山去。

历朝历代，写山的诗，读不完。总有几句，能盘桓齿间，脱口而出。杜甫的"江碧鸟逾白，山青花欲燃"，自不必说；便是王维的"远看山有色，近听水无声"，以及王绩的"树树皆秋色，山山唯落晖"，也因为山与水、山与树，作了对比，而让山的容貌，有了姿采。

此刻我们要去的山，需要翻过其他几座山，才能到达，所谓"一山过了一山拦"，费点脚劲罢了。

哦，到了！

这山不高，论山景，一般，没有唐人诗歌里所写的姿采。在尧尧的指点下，我识别出了，山上栽种的是杉树，还小，叶子碧绿、坚挺，规整地排列，向四周使劲张开。山坡一带，种着 1 000 株雷竹——竿子细，高挑，竹叶与竹叶蓬松地交织着，汇成苍翠的一片。山路边是些茅草，虽然矮，杂乱，却也以世俗的身姿，显示着自己的存在。

尧尧说，这山是他买的。往后 20 年之内，山上的一切，都归他，包括雨雪风霜。一旦赚了，便会想办法回报社会。

是啊，山是资源性的东西，投资比较稳当，可以造福子孙，为社会作贡献。

我说："本人久居大都市，眼光偏窄了，没想到山也能买！"

从尧尧嘴里，得知这山原是荒山野丘，一山均是乱草杂木，没人照顾，镇里也管不过来，经年累月，一点效益都没产生。现在让山场流转，公开竞标，经村民讨论，"评标委员会"评定，上级有关机构核准，确定尧尧为中标人，由他买下承包。私人一承包，负责任多了，山上每寸泥土都能管好。

面对这座毛坯山，尧尧胸有成竹，先把现有的树木砍下，卖掉。然后"炼山"——将杂草、杂柴全烧掉，尽可能消灭细菌，降低螨类等病虫害。然后"垦山"——把履带式挖掘机开上山。然后种树，第一年就种了30万株杉树苗。

我问他："为何选择种杉树？"尧尧说："当初选择树的种类，颇费心思。种油茶树吧，五年才结茶籽，时间太长，而且深加工复杂，还要专门建加工厂。种泡桐树吧，长得是快，但种的亩数太少，形不成规模，销售困难，人家不会为了这点泡桐，专门跑远路来买。最终选择杉树，它速生，纹理直，材质轻柔，防蛀、耐腐，做家具大派用场，好卖！"

"那么，种雷竹也是因为长得快吧？"我推测道。

"你领会得真快！"尧尧笑起来，"这叫'以短养长'——通过卖雷竹来弥补资金不足。"

我看到，尧尧在山里，东走走，西转转，摸摸这棵树，翻翻那片叶，还用脚步丈量山地，口中念着数字。一会儿，目光远眺，深思起来；一会儿，啧啧嘴巴，仿佛在心疼着什么。

"买下后，你像不像认领了一个孩子，时常牵挂心头?"我笑着问。

"正是。"尧尧夸我这个比喻富于人性，"孩子带在身边，随时可照料；山就不同，不能背在身上，24小时照看。最大的担心是火灾，别人家的山里，如果有火蔓延过来，就惨了。还有，各种各样的人，带火星子上山，一旦酿成火灾，一点办法也没有!你又不能像人家旅游景点那样设一道'山门'并把住关口。"

我掂量出了尧尧肩上的担子有多重!

"等将来树长高了，要出钱请人养护，砍掉杂树、杂草，以免它们与树争阳光、争肥料。"尧尧说，"还有，杉树很值钱，要防小偷砍树、盗卖。"

人类社会的害虫，比自然界的害虫，更让人头疼。我想，尧尧应该拿得出好办法，来予以防备。

天，忽然下起麻花小雨。淅淅簌簌的细碎声，从杉树叶和雷竹叶上，传出来，聚成一种满世界的天籁之声。我很享受这种声音。

当我们疾步下山时，雨停了。我脱口吟咏起王维的诗来：

> 空山新雨后，
> 天气晚来秋。
> ……

"这是文人对山的感觉!"尧尧对我说。

唉，文人只能读懂山的文学价值。其实，生活还需要你像尧尧那样，读懂山的其他价值。

幸好，这个世界不单是由文人组成的!

妙

吃饱了饭，去看气功师陈吉赓发功。

"观自在菩萨，行深般若波罗蜜多时。照见五蕴皆空，度一切苦厄。舍利子，色不异空，空不异色。色即是空，空即是色……"

陈吉赓两眼瞪圆，双臂交叉，嘴唇一歙一张，默念着《般若波罗蜜多心经》。前面，站着一位病人，身体在剧烈摇晃，说明已经得气了。

陈吉赓告诉我，默念经文，是发气治病的好手段，他已试验了多年。

我有些怀疑。任何文字，只要默念，都能产生声波，又何愁不能治病？于是提笔，抄了三段文字。第一段：王维的五律《过香积寺》；第二段：列夫·托尔斯泰描写花的文字；第三段：造反派鼓吹"血统论"的歌词。

陈吉赓将这三段背下来，请一位姓李的女病人坐着，自己远远地，对着她默念。

"不知香积寺，数里入云峰。古木无人径，深山何处钟。泉声咽

122

危石，日色冷青松。薄暮空潭曲，安禅制毒龙。"

诵完王维的诗，女病人的身子前后晃动起来，浑身热、胀、麻，且微微出汗。陈吉赓感到嘴里有股酒香。"是茅台酒味！"他说。

"正是万紫千红、百花斗妍的季节：红的、白的、粉红的、芬芳而且毛茸茸的三叶草花；傲慢的延命菊花；乳白的、花蕊金灿灿的、浓郁袭人的'爱不爱花'；甜蜜蜜的黄色的山芥花；亭亭玉立的、郁金香形状的、淡紫的和白色的吊钟花；匍匐缠绕的豌豆花……"

诵完托尔斯泰的文句，女病人身子微微动了动，但不明显。陈吉赓觉得嘴里"生碛碛"。"有熟有生，是黄酒味！"他说。

接着，默念"史无前例"的"杰作"——

"老子英雄儿好汉，老子反动儿混蛋。要是革命就请站过来，要是不革命就滚他妈的蛋！"

女病人竟然纹丝不动，毫无反应。陈吉赓咂咂嘴："味道辣，而且臭。是蹩脚土烧！"

他马不停蹄，再念王维的诗，女病人又"大动特动"了。

我疑云顿释。字句搭配不一样，效应也不同。气功追求"此心寂然，此身兀然"，而经文恰恰教人"六根清净"，字字句句，勾勒宁静、玄远之境界；念经时发出的声波，能引起共振，形成有利于治病的磁场。王维是"诗佛"，诗的意境同佛门禅修的意境最接近，"安禅制毒龙"便是坐禅入定、扫净妄想之意，整首诗能催人进入"惚兮恍兮"的"三观"境界，所以病人最易受感应。

至于造反派的歌词，内容荒谬，纯属刺耳的叫嚣，非但不能治病，而且使人五脏受扰。并不是所有的汉字念出来都能发功，否则，马路边吵架吵得唾沫四飞的诸公，也可凭着一嘴脏话，去申请气功师执照，替人治病了。

世上的事，真妙，我算是眼见为实了。

西湖浪花

大明镜

我望着西湖。眼前，水光潋滟，湖水像碧绿的轻纱在摇曳。欢跳的鱼儿，不时蹦出湖面。

我也曾到过沼泽地。眼前，野草丛生，污泥遍地。地面像一片烂棉絮，连飞鸟也不愿驻足。

呵，西湖和沼泽地，一个是窈窕的美女，一个是丑陋的八怪，中间隔着"万里长城"。但有多少回，西湖的泥沙沉积，湖面渐渐缩小，要变成沼地了。只是由于人民摇铁臂，挥银锄，不断开挖湖泥，加深湖盆，才防止了西湖的沼泽化，给它裁剪了一床绿绸缎。

今天，我摇起双桨，荡漾在西湖上。我看到了，湖水像面大明镜，照出半湖树影半湖山，也照出了人民——这位历史巨人的伟大身影……

泉水叮咚

叮咚，叮咚，泉水哟，你有时像妩媚的少女，婆娑多姿，轻歌曼舞，绕过山石而来。有时，你又像一匹不羁的骏马，撒开劲蹄，扬鬃奔腾而去。

叮咚，叮咚，泉水哟，你渗过砂岩，甩掉了泥沙，抛掉了杂质，越流越清，越渗越纯，清得可以照人，纯得可以解渴。君不见，虎跑泉边，游人如织；水乐洞中，渴者狂饮。

我想，同世间许多事物一样，清泉的酝酿，用的也是筛法：应该筛掉的，尽管一时浑浑杂杂，鱼目混珠，结果还是被筛掉；不该筛掉的，怎样筛也筛不掉，尽管路途坎坷，九曲十八拐，却仍然潺潺前进，而且愈发显出它的纯洁。

我凑到泉边，喝了个痛快。真理也随着泉水，注进心房。

大山的笑声

拨开茂密的树木，顺着蜿蜒的山路，我们爬上了南高峰。

站在峰巅，东望西湖群山，似千重起伏的浪涛。北望西湖之水，像一片浩渺的烟波。南望钱塘江，如一条宽宽的玉带。西望龙井茶树，犹块块厚实的绿绒。

我说，大山呀，你是一位雄视千古、永不苍老的见证人。你高昂着头，目睹过我们的祖祖辈辈怎样在这里描山绣水。如今，你又观察着我们怎样献身现代化建设、给山水再涂上浓墨重彩。你在鼓励我们：可不能稍有懈怠，可不能做不肖的子孙。

向着大山，我们高声回答：我们要对得起祖先，对得起大山！

一阵风吹过，满山响起林涛声。我听得分明：这是大山满意的笑声⋯⋯

宝石

人都说，宝石山上宝石多。我就特意来寻宝。我看到，山上的石头红火火，滑溜溜，一条条纹路，美丽极了。听说这种石头像宝石一样有用，可以铺路，可以当大厦的基石。

这时，一队红领巾过来了。这个问："为啥这些石头光溜溜？"那个问："为啥这些石头有花纹？"教师回答："这石头是岩浆喷出地面后冷凝成的，花纹是岩浆流动、冷凝时留下的印记。"忽然，这个又问："为啥地底下的岩浆是热的？"那个又问："为啥岩浆会喷出地面？"那明亮的、宝石一般的眼睛，闪着一种想探求一切未知世界的光芒。

顿时，我发现自己找到了无价的宝石，这就是强烈的求知欲和科学探索精神。有了它，在未来的路上，就能找到世上所有的宝石。

"古董"

这已是多年前的事了。

我因写《上海笑星传奇》一书，获知黄金荣的总管家程锡文，外号"夜壶阿四"的，当年曾与多位笑星有往来，如今还活着，80岁了，便去找他。

临街的小店，晚饭后，早就熄灯关门，阒寂无声了。我等在店门口。对面马路，踽踽过来一位老人，弓腰驼背，拄着手杖。他颤着手，打开门锁，领我进店堂。店内摆一小板床，老人晚上就借住此地，而一早七点半便离开。

我面前的老人，在当年的上海滩上也曾风云一时。黄金荣的意图，要经过他朝下贯彻；三教九流的需求得疏通他，由他往上递呈。而此刻的他，目光迟滞，动作缓慢。此一时彼一时，恍若隔世也。

我说，我是把你当老师，来了解旧上海逸事的。我递上刚买的一袋苹果。他很高兴，也有点惊讶，因为他孤独，很少有人到这里同他谈谈话。今天，我居然走进了这个被遗忘的角落。

他记性好，不善说理，却长于形象思维。除了谈旧上海的笑星，便是回忆黄金荣，但不是摆年谱、叙大事，而是一枝一叶，一鳞半爪，进行白描。说黄金荣平日喜戴六角帽，平顶，上有珊瑚结子；寒冬腊月，则戴一顶围上纱的藤壳帽，脚穿兔子棉鞋；出门坐雪铁龙汽车，油用得伤；每天抽鸦片，都是巡捕房里充公来的。所住"黄公馆"，是在乡下人房子旧址上翻造的，五上五下。还说，"大世界"执照别人开不出，唯有黄金荣能解决。艺人演戏，没有黄金荣送的匾，流氓会来闹。讲得起劲了，露出得意之色，说黄金荣曾关照儿子："外面来客人，你不要管，由程锡文来管！"

我面前，仿佛是一件出土的古董，有锈斑，有裂纹，却能折射历史的光。

过些日子，我约老人到我家谈。他蹒跚着来了。不肯吃饭，只肯"聊聊老上海"。他谈"德本善堂"，谈"半淞园"，谈虹庙的道士，谈"蜡烛小开"，谈"斧头党"和马永贞，谈30年代的"白锡包"和"三九牌"香烟。停了停，又用俏皮话描述商人黄楚九的尴尬、邋遢，说黄楚九开"日夜银行"，是为了适应赌市需要。外国水手上码头晚，把衣服送进小押店抵押，小押店向"日夜银行"借钱，等水手赢了钱，再赎衣服、还钱。有段时间黄楚九资金周转不灵，想求救于虞洽卿，虞恰巧在外地，帮不了忙，"日夜银行"只得倒闭。

我仍不满足。春天，当树枝爆开嫩绿的芽，我再次踏进临街的小店。这次我买了一袋蛋糕去。我想了解城隍庙文化，它是海派文化的一枝。程锡文当年是城隍庙"出会"的总指挥。出会，每年三次：清明、七月半、十月初一。于是，在这个春风微拂的晚上，我听着老人的叙述，眼前突然浮现出一支近万人的出会队伍。早晨九点"起升"，有的肩扛城隍"老爷"，有的拖扁担，有的吊香炉，从城隍庙一路走来，经过南市银辉桥，歇一歇，晚上八点"回衙"。回去时，红灯笼里点蜡烛，红闪闪，一条火龙，煞是好看。老人对我解释，什么叫"飞"，什么叫"抢轿"，什么叫"恭出"，什么叫"班首"，什么叫"马执士"。

我们都喜欢侈谈海派、京派，但这真正的海派货，我们又研究了多少呢？

后来，我因忙，好长时间没去。一回，我路过小店，发现小板床不见了。老人搬走了吗？住院了吗？终于，我从邻家得到消息：他死了，走得很孤单。

我踟蹰在小店门前。秋风卷枯叶，贴着路面，一掀一落，飘向远处。我想，这世上，又少了一件"古董"。当它是一种"寂寞的存在"时，人们感觉不到什么，而如今，难免使人怅然若失了。

人生不相见

诗人臧克家，在《学诗断想》一书中，说他最喜欢的诗，一是贺敬之的《回延安》，一是杜甫的《赠卫八处士》。我曾琢磨，杜诗有1 000多首，何以臧诗人对《赠卫八处士》情有独钟？

该诗是杜甫被贬后，在奉先县，走访年少时的好友卫八处士，所写下的。古代，山遥水远，交通阻隔，见一次面很不容易，由此，诗人发出感叹：

> 人生不相见，
>
> 动如参与商。
>
> 今夕复何夕，
>
> 共此灯烛光。
>
> ……

在感谢了主人的热情款待之后，杜甫生出了"明日隔山岳，世事两茫茫"的沉郁之感。诗人对生命的理解，是朝着阴阳两界，分别延伸的。他"访旧半为鬼"，咂摸"少壮能几时"，于是更加珍惜与旧友的一夕相会，有点如梦似幻的味道。

对这首杜诗，我自小就熟记，会背。然而，其中的人生体验，苍凉况味，是在年齿渐长，迭经历练之后，才低头细嚼，慢慢悟到的。

少年气壮，不大细数光阴，仿佛时间的富翁，浪掷得起。待到齿缺发秃，突然发觉，生命的存折，余款有限；人与人相见，成了奢望，稍一疏漏，缘分顿失。我近年退休闲居，偶尔也去单位，每当远远瞧见布告栏里，有带黑框的告示，知道又有人去世了，心里便"咯噔"一下，停止脚步，深吸一口气，然后很不情愿地，缓缓走过去。我知道，黑框里一定是我认识的人，甚至是非常熟悉、以往工作上天天打交道的人。当最后看清了是谁之后，一道阴影，似拉下的帘子，将我两眼抹黑。我竟会在栏前伫立，默念许久，回想最后一次与此人的见面，是在什么时候，当时讲过什么话等。

人生相见，是暂时的；人生不相见，是永恒的。从暂时进入永恒，只在一瞬间。

有时，这种永别，是料想得到的。多年前，我去某医院看望一位友人，他患绝症，已入晚期。我宽慰他，还与他聊聊，从考古，到出版，到过去的工作。临走时，我站起来，与他握手。我知道，今后不可能再去看他了，这极可能就是永别了。我望了望他，慢慢转过身，朝门口走去。又回过身，向他注视一眼。关上门之前，再看一眼，将永别的瞬间作最后的定格。

不久，传来他逝世的消息。

有时，这种永别，是在不经意之中。我与父亲的永别，便是如此。父亲住医院一年多，经过治疗，病情不好不坏。春季到了，浙江奉化溪口举办"桃花节"，邀我去采访两天。我想，两天很短，父亲的症状暂时还平稳，未见危象，且是在医院，有医生随时照顾，便答应了。

临走前，我轻轻地、细心地替父亲剃掉胡须。一年多的病痛折磨，他变瘦了，但眼睛还是炯炯有神。父子之间，天生的亲情，是那样浓郁。我凑近他的耳朵，小声说："我两天后就回来，很快的!"父亲看着我，点点头，意思是要我放心去好了。于是我就出门了。

这是 2001 年，溪口的"桃花节"，搞得相当隆重。满山的桃花，白里缀红，如千万只粉蝶停在枝头，让山岭泛起一片淡淡的红晕。天，下着雨，歌唱家蒋大为站在半山腰，为山上山下密密麻麻的人群，唱起了《在那桃花盛开的地方》。他的嗓音，永远是那样浑厚、激越，潇潇春雨也无法冲淡他半个分贝。

我带着采写"桃花节"的新闻稿，两天后回到上海。突然得知：父亲病情恶化，抢救无效，已在昨天深夜走了!

不迟不早，就在我离开上海的两天里!"暂时"倏然滑入到"永恒"! 连临终告别的机会也不给我! 连最后尽孝的机会也不给我!

我望着已换过被单的病床，上面空空如也，却分明留着父亲的体温。有人安慰我说："你父亲是怕你看着难过，才在你出远门时走了的。"我的泪水再也止不住，当场流了下来!

母亲那时已经有阿尔茨海默病的早期症状，脑子有时不是很清楚。为了不让她悲伤，我们没把父亲走了的消息告诉她。

"我刚才看到你爹了，就坐在那里。我叫他名字，他总是不睬我!"有一天，母亲对我说。

我愣了一下，赶紧答道："或许是你叫得太轻了，他没听见。"

"嗯?"母亲似懂非懂。过了一会儿，她又递给我两只桃子，说："你把桃子给你爹送去!"

唉，这叫我往哪儿送呢？我接过两只桃子，装模作样，到走廊里走了一圈，然后悄悄回来，把桃子放在电视机后面，算是完成了任务。

母亲直到九年之后离世，也不知道父亲已经作古。

哲学家说，一个人是"出于三重的偶然才来到这个星球上的"。由此观之，泱泱地球，茫茫宇宙，悠悠远古，遥遥来世，人与人能相见，便是第四重偶然的产物。而亲情、友情、爱情，都是唯有造化才肯恩赐的缘分！要珍惜这种人生的缘分！

比如大诗人李白，他是怎样珍惜缘分的呢？在吟哦"浮生若梦，为欢几何"之后，给出了他的方案："会桃李之芳园，序天伦之乐事""开琼筵以坐花，飞羽觞而醉月。不有佳咏，何伸雅怀"。

这就有点浪漫的格调了！

情有独钟

他喜欢直截了当。

那回，"佛光阁"工艺美术经营部开张，他是经理，把上海的著名画家们请来，当场作画。其中，由程十发画鹿。他走过去，站在程十发面前，直截了当地说："我喜欢程先生的画风，结识程先生是我多年的愿望。我对程先生发表的作品搜集较全，有利于我对程先生的研究。"

把一连串的"我"，同一连串的"程先生"，直截了当地连在一起。对"程派"画法，情有独钟，就像有些人，对程砚秋的京剧"程派"，情有独钟。

尽管相知未素，程十发对这个叫做赵竹鸣的，却也直截了当地表示：欢迎来玩。

"竹鸣"，又有一次，程十发念着他的名字，研究起来，"我有个亲戚，也叫竹鸣。从这个名字看，你一定会吹笛"。

"我不会吹笛。我自幼生长在浙江宁波洞桥头一个山坳里，古屋周围是竹林。母亲生我时，风很大，竹遇风而欢鸣，就叫我'竹鸣'

了。"赵竹鸣说。

程十发感到新鲜。他发觉，这个山坳里出生，经过部队生活熏陶的小个子，在情趣爱好、生活习惯、审美意识上，与自己相似之处良多。

情有独钟，是因为道有所同。

程十发喜好红木及古董摆设，书画布置古色古香，宛如《红楼梦》中景致；赵竹鸣天生也酷爱红木家具和摆件，红木贡桌、红木琴桌、红木书架、红木花架、红木书橱、红木香妃榻，一应俱全。家具店一有红木货色，他很快知道，赶去挑选。理由简单——欣赏红木物件，浮现古人生活，利于画古装人物。

程十发作画时，喜欢听昆曲，线条得乐声之别韵，格外耐看；赵竹鸣作画时，爱听越剧沪剧，线条在吴越文化的遗声中，越发错落有致。

程与赵，都喜欢吃鸡、画鸡；都喜欢描绘少数民族人物，对少数民族服装都有研究；构线条时都爱用长锋，认为长锋拖出的线条美。

程先生作指导，另有一功，强调功夫在画外。他对赵说："我们一起聊天，不谈画画的事，多谈生活中的事，放松脑子，开阔思路，这样有利于创作。"

功夫在画外，落实在画中。久而久之，赵竹鸣破译了程派画之谜，作品俊逸富有灵气。他画人物，既写实，又夸张；线条汲取人物速写的特长，带有装饰味；色彩丰富而不俗气，画面讲究留白，构图别出心裁。譬如一帧《秋艳》，名曰"艳"，实则并非浓艳，而是淡雅，上端画一个少数民族女孩，旁边两只羊，一丛菊花，菊的主干直通画纸下端，留白几达画面三分之二，让人腾开羽翼，去想象清丽的秋光。

　　赵竹鸣绘画，先天资质固与"程派"迹近，后天磨砺亦用力甚勤，程门就学，笃志不倦，心不旁骛，一以贯之。程先生门墙广大，然得其真诠者，实寥寥，赵竹鸣可算一个。香港"百家画会"负责人，说赵画"很得程派精髓"。程十发得知，笑曰："程派也有传人了!"

　　1989 年，赵竹鸣在"朵云轩"举办个人作品展，中日书画交流协会会长、日本的横江敏夫观后颇赞赏，吸收他为该会会员。赵画在日本多次展出，评价不错，且有佳作入选为"90 年度日本各地巡回中国美术交流展"作品。后来，其作品《清风高节》，在台湾"大陆当代美人画展"展出。再后来，在香港三联书店开了个展，程十发为之题字——"赵竹鸣妙笔"；神采飞动五个字，算是对赵竹鸣"情有独钟"的回报了。

　　修篁蓊蒨，春风酥暖。竹遇风而欢鸣——在这方水土，在这个时代。

魂系水彩

　　也许是他，张英洪，性格恬和、内向、好静，他选择色彩，也喜欢协调、柔和、对比不太强烈的。譬如画荷花，叶不是大绿，花不是大红，濡染润湿的水塘内，一片淡雅高洁。

　　他 1946 年进上海美专。观冉熙先生和王挺琦先生的水彩画，被那协调、和顺、水墨淋漓的颜色倾倒。考入杭州国立艺专，他又被"平湖秋月"边上，那水朦胧和天朦胧相互协调的景色醉倒。他立定志向：当水彩画家；他拣选道路：雅俗共赏。而色彩调和前提下的协调，成了这位从西子湖畔走来的，带着宁波口音的，刻意追求自己风格的画家的基调。

　　多少年后，他在自己的得意之作——《现代水彩画技法》一书中，引用了马克思的话："色彩的感觉在一般灵感中是最大众化的形式。"他选择色彩，时时想到大众。他不赞成 100 年后才看得懂的画法。坚持大众化道路，使他硕果累累，他的作品，曾赴美国、英国、日本、新加坡、澳大利亚、朝鲜、中国香港等国家和地区展出。并著有多部集子。

他的《水乡行》，我百看不厌。老实说，题材被很多画家"光顾"过，然而张英洪以色彩见长。几个村姑赶集，走在桥上，河边屋子，开着窗，画面只有两三种颜色，极为协调。《最后的晚霞》也是力作。宁波乡下的风景，树下有水牛、草垛，夕阳挂在树上，慵懒地向我们作最后一瞥。整个画面色彩对比不强烈，协调地寓于一种幽静的韵致中，仿佛是黄昏时分吹奏一支小夜曲，透出音乐感。《初春》的早春气息，《秋林》的深秋意境，《江南人家》的水韵，《春雨霏霏》的雨意，也均有色彩协调的特点。

张英洪有音乐细胞。对欧洲古典音乐，听得出赤橙黄绿，讲得出子丑寅卯。拉赫玛尼诺夫C小调第二钢琴协奏曲，多少人听了，愣嘴呆眼，不知所云，张英洪却懂，还找准了感觉，说它："深沉、宏伟，把人世间的各种感觉表现深刻，带点悲凉味道。"他还摊开纸，将柴可夫斯基的《悲怆交响乐》，用水彩画表达：画面灰色，线条很多，弯绕盘桓，象征着感情，哀怨，低沉，曲折，连绵不断。对贝多芬的《致艾丽丝》，张英洪涂绘出这样的画面：淡红、淡蓝、灰白夹杂的底色上，黑的色块在悠悠游走，轻巧中见协调。而《命运交响曲》，则以黄色示辉煌，以黑色代表对立面，颇有力度。

张英洪的作品洗练概括，讲究气势、韵味，能一笔勾成，注意大的色块安排，不拘泥小节。他欣赏"画到生时是熟时"的说法，却多少有点不赞成"栩栩如生，形象逼真"之类的套话，认为不科学，非行家语言。他在上海轻专美术系，带领学生，走出一条"轻校路子"。有人称他们是"张家军"。

"张家军"阵容强大。柳毅居榜首，《水随天去》《晓》《映》《憩》都得奖了。周铭，第一次参加"加拿大水彩画家协会年展"，就得第一名。平龙，多次参加全国大展获奖，后劲足。下面还有一长串名单：王洪、严耀华、毛树卫、朱大白、梁钢、陈宙光、曹培安……第七届全国美展，轻校师生水彩画参展九张，占上海入选作品的 36%。

张英洪真忙，担任上海水彩画研究会会长，又担任中国美协水彩画艺委会副主任委员。他有资格，有水平，作出如下判断：中国水彩画已进入新的全面发展阶段。发展标志五个，他说——艺术思想活跃，画面意识加强，中青年水彩画家普遍崛起，摆脱了英国水彩画的束缚，改变了上海水彩画一花独放的格局。

喜欢色彩协调的他，也喜欢步子协调。他很感慨：上海水彩画还跟不上国际水彩画，大师级的人物还未出来，展览会上，都是写实的面孔，好像同一爹娘生下；理论大厦没构筑起来。为了与国际水平接轨，他开出一帖协调步伐的"处方"，并付诸实践：定期组织活动，每次都有专题，加强信息交流；每年搞一次上海水彩画大展；他和大家一起外出写生，培养中青年，把他们托举起来。

我又一次见到张英洪，适逢教师节。只见他捧着一束花，脸上挂汗，急急走来。我想，这肯定是他的学生所献，他们也懂得了"协调"——把一束五彩鲜花，送给一个具有五彩理想的人。

吃　局

中国人饮食讲究吃局。

京帮菜受过乾隆青睐，"贵妃鸡""宫爆肉丁"乃至桌面布局，每见宫廷风味；广帮菜中西合璧，天上珍禽、地上奇兽，杀了，烧了，均可上桌；川菜"七味八滋"，"辣出一身汗"是其"主旋律"；上海菜"浓油赤酱"，一桌酒席望过去，粗鱼大肉居多。

以小说写吃局，屡有所见。一回，几位友人闲扯，言及当今作品汗牛充栋，究竟谁的作品能流传，其中一位断然说："陆文夫的！"

"哪篇？"边上人问。

"《美食家》！"

"为啥？"

"吃局精致！"

这倒也是。《美食家》中的朱自冶，早上到"朱鸿兴"吃"头汤面"，上午去阊门石路蹲茶楼，中午赴木渎石家饭店吃鲃肺汤，下午上澡堂消食，晚上进"元大昌"开怀畅饮。从凤尾虾到南腿片，从剔心莲子羹到藕粉鸡头米，作者让朱自冶日日吃美餐，顿顿能销魂。

真个是：掇英萃华，遍点姑苏名肴；觥筹交错，俱见吃家风范。

读得我，腹内辘辘，口中生津。

当我去苏州，同陆文夫面对面交谈，方知这《美食家》中，还有一个更其深奥的"吃局"！

陆文夫有篇短文，把这个"吃局"透露得清清楚楚——

鲁迅翻开封建社会史之后发现了两个字："吃人"。我看看人类生活史之后发现两个字："吃饭"。只是由于诸多并非偶然的历史因素，我们在基本上解决了"吃人"的问题之后，没有把"吃饭"的问题提到首位，还是紧紧地围绕着"吃人"打主意；甚至把并非吃人，而是救人的人当作走资派和各种分子来斗。

好一个"吃局"！它使《美食家》的每章每页，都熠熠生辉了。

不要再埋怨商业题材枯燥难写了！当你面对素材一筹莫展，当你笔下人物淹没在一片单调的买卖声里不能自拔，当你想抛下商业题材另觅高枝时，请问问你自己："我有没有锐意穷搜，像陆文夫那样，谋画出一个精妙的'吃局'来呢？"

临河斋里闻书香

时间都去哪了？玩手机了，看微信了。

读书显得有些奢侈了。苏东坡的"八面受敌"读书法，已是遥远的历史；顾炎武每年用三个月时间重读以往看过的书，也成了不可思议的事。

生活里，能缺少幽幽书香？

不能。我把书房起名为"临河斋"。临河斋，是我澄心静虑，读书的地方。

一

一大堆杂文书，在临河斋里，显眼得很。

自己买的，别人送的；后者越来越多，于是干脆不买了，坐等别人来赠送了。单是书名，看着就喜欢：《沉入人海》《思想胚胎》《活着听悼词》《薛蟠的文学观》《孔子论·鲁迅辩》《万国之上还有人类在》《沉默也是泥》《风卷残荷》《台上的风景》《愚蠢指数》……这是当代杂文家的劳作，不少篇章，我耳熟能详，每次翻读，多少能咂摸出新意。对这些书，说"读"已不够了，贴切地说，应该是"吃"——反反复复咀嚼，来来回回消化。

　　一直看好孙焕英的杂文。他赠我的书，叠起来，有几块砖头厚。从"门阀社会主义"，到萨达姆的"全票"哪里去了，他思索的问题之广、之深，让我惊讶。此公我见过，一表人才，性格直爽，讲话不怕得罪人，在一次颁奖会上，当场指摘台上的评委；文章也尖锐，有军人风格，端着"机关枪"，横扫各种腐败角落。他是仅有的从音乐界转行到杂文界的作家（上海何满子也学过作曲，但孙焕英更专业），斟酌字眼，像推敲"哆来咪发梭"，行文布局，时有"和声""对位"的痕迹，念起来抑扬顿挫。这是熟稔音乐的好处啊。倘若从其他行业转过来的杂文家，都能将本行业的优点、正能量，移植到杂文里，杂文必将百花齐放！

　　插一句——陈道明说他最大的梦想是写杂文，他会不会把舞台与电影的视觉效果，带入他未来的杂文里？我企盼临河斋的书橱里，将来能收藏这位弹得一手好钢琴的电影演员的杂文集子。

二

　　我也喜欢散文，时不时地涂上几笔，所以散文书在临河斋里，也是贵宾。

　　现在的散文，往往去扛重大的主题，去诠释雄伟的命意，散文家成了思想家。有点沉重。评论家已经发牢骚了，希望散文能多些花样，适当减负，抒发性灵，来点生活实感，毕竟大伙都是脚踩泥土的普通人。

　　我偏爱孙犁与柯灵。他俩风格相反：孙犁似乎随手写来，清淡、简朴，属于耐得住寂寞与清苦之人的笔墨；柯灵似乎是句句要淬炼、字字要研磨，语词古雅，炉火青纯。孙犁的《如云集》《孙犁散文选》，《柯灵文集》中的散文，自然是我钟爱的读物。柯灵还是我们《文汇报》的老前辈，晚辈读前辈，身上暖和。

木心的《即兴判断》，摆在我电脑边上，不时翻阅。里面有的文章，我不敢恭维，比如《普林斯顿的夏天》，通篇都是这类长句："周缘森森的林薮巨屏似的挡着就很像外面没有阳光外面什么也没有外面很暗很荒漠唯独花园很实在很清晰很葳蕤"，读得我很累很喘很迷糊，觉得这种夏天并不比我们这里的夏天更美。但他的一些杂感式散文，轻灵极了——如《寒砧断续》《晚来欲雪》《聊以卒岁》——印象派的画面，加上人间的烟火、艺术的云霓，妙不可言，读了第一句，猜不到第二句。

刚读完龙应台的散文集《目送》。掩卷沉思，觉得是条创作的新路——把缠绵不舍与阳刚之气，掺和得恰到好处。散文不能太硬，也不能太软，龙氏都做到了。尤其是：坦率。《常识》一文里，她感叹自己的无知，说曾把自己看起来"疲累"归因于"可能摄护腺（前列腺）肥大吧"，结果引得好友殷允芃尴尬地、小声地提醒她："应台，嗯……女人没有摄护腺。"

当然，还有评论者不满足，认为："通过《目送》的阅读，方知作者为单身女性，而通观全书，那个'他'则完全被遮蔽掉了。龙应台本应该认真写一写那个'他'。"（见刘军文章）

这是以"丝毫没有窥视他人隐私的意思"为前提，要求散文再坦率些，再坦率些。

三

小说，在临河斋里，是经常被惦记的。

如今小说，短篇、长篇，都没以前吃香。但我并不势利，在它跌价时，反而对它亲近，好似面对一只拉出大阴线的股票，偏偏买进，相信它终有一日会反弹。

时间有限，要读高质量的，比如 1986 年出版的《探索小说集》。严文井说："小说的写法大概是'规范'不出来的，不能御制钦定。"小说要探索，就像一切都需探索那样，天经地义。莫言的《透明的红萝卜》、谌容的《大公鸡悲喜剧》、吴若增的《脸皮招领启事》、王蒙的《冬天的话题》、路东之的《!!!!!!》、刘亚洲的《一个女人和一个半男人的故事》、马原的《叠纸鹞的三种方法》……都在探索的路上行进。何立伟的《一夕三逝》，甚至被评论家论定为："不仅超越情节，而且也超越'人物'，即便是有的话，也是全部隐匿在隐语之中。"这是对小说艺术的大胆革新，30 年后的今天，细细读来，仍能辨认出作者苦苦探索的屐痕。

小说虽多，但一有新线索，我仍在有选择地觅求新出版的作品。唐·德里罗，写尽了美国的腔调。他的《白噪音》《地下世界》《欧米伽点》《天秤星座》，已上了我购书的名单。

至于上海腔调，有关的长篇小说不少。但，上海远没有写完，一千个人眼中，便有一千种上海。各人的感受不同，诠解有异。这么想着，忽然，就在前几天，收到了小说家吴正寄来的《上海人》等书籍。《上海人》是他的自传体长篇小说，写上海青年李正之在"文革"后，去香港创业的故事。换句话，是否可以说：李正之的腔调，是上海人在香港奋斗、打拼的腔调，是上海腔调在香港的诗意挥洒？

收到《上海人》时，夕阳正在西下，黄金似的余晖，把临河斋门前的河水，映成粼粼闪光的一片。

一个静心阅读的夜晚，又快降临了！

刻　刀

厨师手中有菜刀，瓦匠手中有泥刀。我却要来说说文物修复人员手中的刻刀。

当我们参观历史博物馆的时候，看着橱窗中放着的一只只青铜器，思想的羽翼常常会飞得很远。要知道，这些青铜器刚出土时，有的"肢体"完好，有的却是缺"胳膊"断"腿"的，甚至"肢裂"成几十块。这时，文物修复人员坐在灯下，把它们焊接起来，并用刻刀刻上原来应当有的各种花纹。

先看一只举世罕见的"西周兽面纹盉"吧。它是西周奴隶主使用的盛酒器。出土后，缺少了盖子，好比一个人缺少了帽子。那么，这顶"帽子"是什么式样的呢？圆的？方的？尖的？扁的？谁也不知道。用刻刀随便刻一个吧，那是不允许的。因为器形、造型、花纹，一个朝代有一个朝代的特征。如果器形是西周的，花纹是汉朝的，就是牛头不对马嘴了。即使相差 100 年也不行。在这种情况下，文物修复人员手中的刻刀一点也不急躁冒进、敷衍了事。他们跑到汗牛充栋的资料堆里，翻遍积满灰尘的图片资料，终于在日本出版的一

146

本《殷周青铜器与玉》中，找到了这种盖子的模样。这时，只有在这时，这把刻刀才忙碌起来，按照历史的本来面目，给那只"兽面纹盉"刻了一只带有凤纹的盖子。

还有一只西周的青铜器叫"龙耳尊"，价值比上面那只还高。两旁各有一条龙，像两只长耳朵垂下来。刚从废品堆里收购来时，其中一边只有半条龙。文物修复人员以实物为根据，用刻刀等工具，把龙的身体配全了。可是，龙头上的两只角，却不知是什么模样。既无图片资料供参考，又无实物作根据，至今都没有复原。等待有一天，找到了依据，再把龙角刻上去。宁愿空缺，也不愿造假，这就是刻刀的性格。

文物修复人员用刻刀，一丝不苟地还历史以本来面目。而在中国，像这样忠实于历史事实的人，自古以来就不少。翻开史籍，可以看到不少诸如巧辩诬罔、善察疑狱的人，他们用手中的各种"刻刀"，"剔"去时代蒙上的"尘垢"，"刻"上历史所应当有的"花纹"。如今，掌握了历史唯物主义这闪光的"刻刀"的千百万人民，又是怎样地在评说千秋功罪、判断万年曲直，给历史"刻"下科学的结论呵！

我在被刻刀修复了的青铜器旁边流连忘返。我看到了，我们这个古老的民族是有希望的！

长　生

题目有点迷人：长生。

这是开元天子唐明皇做梦也在祈求的，目的无非是想永坐龙位，看看"缓歌慢舞"，闻闻"仙乐风飘"。倘不是"六军不发无奈何，宛转蛾眉马前死"，他是想同"天生丽质"的杨太真世世代代做夫妻的。

对"长生不死"最有研究的，是道教。葛洪《抱朴子·内篇》说："道家之所至秘而重者，莫过乎长生之方也。"这位士族子弟，对人生之短促表示了恐慌，认为百年之寿，也不过"三万余日耳"，像彭祖那样活"800岁"的，只是传闻而已，毕竟没有"眼见为实"。人在世上，"日失一日，如牵牛羊以诣屠所，每进一步，而去死转近"。因此，再威风，再"脚跷黄天霸"，最终还是要睡进"木板新村"的。到了那时，"虽高官重权，金玉成山，妍艳万计，非我有也"。况且，连古之圣人都不高兴自己短命的。武王病重，周公欲代武王，武王"有瘳"；孔子病重，"负杖逍遥于门"，"歌曰：'太山坏乎！梁柱摧乎！哲人萎乎！'因以涕下"。毕竟是活着好呵，尽管有忧愁，有烦恼；能够嚼动牙齿，咬咬鸡腿，啃啃鸭膀子，总是有滋味的。为了免做进"屠所"的"牛羊"，葛洪便起而发愤，埋头著书，成为"神仙世界"的著名设计师。他乐观地预言：一般的树木不能效法松柏的常青，平平常常的虫类不能学会龟鹤的长寿，所以夭折了。然而人是聪敏明智的，能够有意识地"修彭老之道"，获得长生。谁说世上没有成仙的呢？根据先哲的记录，人数达近千人，都是有名有姓的，总可以使人相信了吧。

当然，笔者是不信长生成仙的高论的。但吃饱了饭，卡路里有多余，总想研究点什么。

假若人真能长生成仙，所进入的神仙世界该是怎么个模样呢？综观道教理论，看来至少有两种模样。

一种是葛洪《抱朴子·内篇》所憧憬的："果能登虚蹑景，云舆霓盖，餐朝霞之沆瀣，吸玄黄之醇精。饮则玉醴金浆，食则翠芝朱英，居则瑶堂瑰室，行则逍遥太清。""位可以不求而自致，膳可以咀茹华璃。""寒温风湿不能伤，鬼神众精不能犯，五兵百毒不能中，忧喜毁誉不为累。"何其惬意，何其乐胃！但是，神仙世界却也等级森严："上士举形升虚，谓之天仙；中士游于名山，谓之地仙；下士先死后蜕，谓之尸解仙。"这只是人世间封建贵族逍遥优游生活折射于冥冥太清的一种"海市蜃楼"，是封建贵族为了让自己永远享受"至荣至贵"而设计出来的。葛洪设计此幅蓝图，是由于"其先葛天氏，盖古之有天下者也"；到了爷爷一辈，"仕吴"，做了大官；父亲则"入晋为邵陵太守"，葛洪自己也曾被"赐爵关内侯"。因此，人世间的山珍海味、绫罗绸缎、前呼后拥、吆五喝六，他是享受备至的。他的"长生成仙"说，宣扬的当然是封建统治者所想的那一套。

另一种神仙世界，是符箓派的《太平经》所描述的"乌托邦"。

在这个"乌托邦"里，没有让封建贵族独享"逍遥太清"的专权，财富属于公有，"天地施化得均，尊卑大小皆如一""此财物乃天地中和所有，以共养人也"。平民百姓不分等级，无论胖瘦，都能享受"成仙"后的快乐。而这里有一个前提，便是"各自衣食其力"，每个人都要做劳动者，反对"强取人物"。那种强盗、窃贼，在神仙世界里是被目为"死有余罪"，对之应当"踏上一只脚"的。正由于这个神仙世界使更多的人得到实惠，利益均沾，外快平分，所以农民群众比较欢迎它。

道教的"长生成仙"说，历来信者不少，批之者亦多。"长生"固属空想，"成仙"更是荒谬，这已为人类几千年的历史所证明了的。但笔者认为，对葛洪等道教的先驱不必多所指摘，作为一种历史痕迹，他们体现了那个时代人们对"长生"问题的孜孜探求，出现失误甚至荒诞是在所难免的。一个在今天看来明白如水、好像一加一等于二这样简单的问题，当初人们在探索其奥秘的过程中，也不知道吃了多少口水、摔了多少个筋斗！化学史上对"燃素"是否存在的探讨出现多次反复，便是一个明证。假如葛洪户口簿上的出生年月是标着20世纪某一个时辰的话，那么他对"长生"问题的见解大概会更科学一些。何况，在他们探讨"长生"的过程中，"米饭"与"稗子"同在，"鲜花"与"莠草"共存。有科学的馨香，也有迷信的恶臭；有朴素辩证法的光泽，也有神学和巫术的阴影。我们在倒掉那一盆龌龊的洗澡水时，大可不必将端坐在其中的白白胖胖的孩子也倒掉的。例如，对"服丹守一"之说，剔除掉服金丹能使人"不老不死"这一杂质，可以发现，里面蕴藏着古代化学的"珍宝"。《抱朴子·内篇》所载"作丹砂水法""治作赤盐法""治作雄黄水法"，不就是描述了4世纪初的活生生的化学反应吗？"丹砂烧之成水银，积变又成丹砂"，不就是一个著名的实验吗？再请看：

治丹砂一斤，内生竹筒中，加石胆、消石各二两，覆荐上下，闭塞筒口，以漆骨丸封之，须干，以内醇苦酒中，埋之地中，深三尺，三十日成水，色赤味苦也。

这一斤丹砂是如何变成"色赤味苦"的，葛洪先生没有述及。其实在今天，是可以用一串漂亮的化学方程式来表示的。但1 600多年前，葛洪能描述出这一现象，便是一个贡献。

又如"养生学"。元代丘处机对成吉思汗说过：

及问为治之方，则对以敬天爱民为本。问长生久视之道，则告以清心寡欲为要。

丘处机是道教全真道北七真之一，龙门派的代表。他把治身与治国并列起来，说明对"养生学"的重视。邓拓的《燕山夜话》里有一篇文章，专谈丘处机的"养生学"。邓拓认为道家的修仙与儒家的"以自然之道，养自然之生"有原则区别，后者似乎更好一些。笔者有些不同看法，认为应当作进一步的具体分析。邓拓在这里所说的"道家"，概念含糊了一些，其实应该是指追求"长生不老"与"成仙"的道教，而非狭义上所说的道家。狭义上的道家，是指先秦老庄之学、秦汉黄老之学、魏晋玄学等学术流派，目的在于"得道"，而不是"成仙"。当然，道家的"养生学"，比如老子主张的"见素抱朴，少私寡欲"，"万物负阴而抱阳，冲气以为和"，也很合乎"自然之道"，所以老子本人很长寿。而道教与道家，虽然一为宗教，一为哲学，联系却相当紧密，拨开道教那一层"仙气"，深窥其底里，可以发现，有不少养生观念，是从道家思想中吸收而来，因而颇具价值，一样能"养自然之生"。明代《正统道藏·洞神部》所载《太上老君养生诀》，介绍了一种气功方法，更是新颖独到，完全依照人的五脏六腑的不同特点来进行运气：

"呬"主肺——肺有疾作呬吐纳治之；

"呵"主心——心有疾作呵吐纳治之；

"呼"主脾——脾有疾作呼吐纳治之；

"嘘"主肝——肝有疾作嘘吐纳治之；

"吹"主肾——肾有疾作吹吐纳治之；

"嘻"主三焦——三焦有疾作嘻吐纳治之。

其他如"取气之时，意想太和，元气下入毛际，流于五脏、四肢皆受其润"等，也是合乎"自然之道"的。

道教养生的最高成就，当推孙思邈的医学思想了，他实际上已脱下了道教那件飘飘欲仙的衣裳，完全是"以自然之道，养自然之生"了。这些论述是如此焕发着光彩——"养性之道，莫久行、久立、久坐、久卧、久视、久听，盖以久视伤血，久卧伤气，久立伤骨，久坐伤肉，久行伤筋也。""故善摄生者，常少思、少念、少欲、少事、少语、少笑、少愁、少乐、少喜、少怒、少好、少恶行。"……在今天看来，也是切实可行的。还有一首《孙真人卫生歌》，证明道教在7世纪时已有了精到的养生理论。笔者比较欣赏这几句：

恩爱牵缠不自由，

利名萦绊几时休。

放宽些子留余福，

免致中年早白头。

　　笔者既无"牵缠"，亦无"萦绊"，生当长治久安之世，想留点"余福"，活到高寿，不愿"中年早白头"。孙真人开了处方，且是七言，有韵，可诵，可背；一篇在手，读之不已，好像不出钱请来个高明的先生，传授下完整的养生知识。通观全篇，免不了有"欲求长生须戒性"之句，但此处的"长生"，不像是指"长生成仙"，而是"长寿"的同义词了。

　　道教过去以神秘见长，喜欢在内部秘传"长生成仙之方"。如今，"成仙"已无法招徕人了，合理的"长寿之方"却从深山名观中飞将出来，变成一卷卷教材，堆放在千家万户的案头。道教精深的学养，开始为社会造福了。而人们，在与"长生成仙"的幻想诀别之后，却在集聚千千万万的浩荡大军，向自己应当享受的长寿之境进军了。例如，北京的边治中先生，已把他从华山派道长处学得的"道家秘传回春功"公之于世。边先生年届古稀，却一头乌发，神清气爽，是"回春功"让他"回春"的。而学了"回春功"，得着了"春天"的气息、告辞了阴郁的"冬季"的，人数真是成百成千！他们中有原先每天用四条手帕揩浓鼻涕的；有胖得"不得法"、像长了两个下巴的；有声带肿痛、嗓音沙哑得好似从砂皮上刮出来的。一个个，都给边治中先生写来了感谢信。

　　笔者无缘看到他们写信时的表情，但猜想，他们的嘴角边一定挂着笑靥，大咧咧、羞答答，像含苞欲放的花。

深山里的周瑜子孙

汽车开到山间小路口，进不去了。下车吧，徒步上山！

深山叠翠，岚气缭绕，涧水淙淙，飞鸟啾啾。30 万亩原始森林，让这里的每立方厘米空气，均含有负氧离子 30 万个单位。在大城市受雾霾困扰的诸公，何不到此，轻松洗肺？

眼前，是江西资溪县马头山镇昌坪村的周家村小组。整个村，已成"空壳村"，十几栋废弃了的旧屋，孤寂，冷清。周家祠堂前，茅草齐腰，墙上布满绿色的"爬山虎"。"城镇化"的脚步，催动周家村村民整体搬迁，进城镇安家。资溪是"中国面包之乡"，资溪人在全国各地开了几千家面包店，不少经营者成了百万富翁、千万富翁。如今，走出去的"面包大军"中，又闪动着周家村人的身影。

但有人，却不想进城发财，甘愿独自一人留守深山——这就是今年 61 岁的周国荣。朝朝暮暮，守在这里，一是要耐得住寂寞，二是要胆大，毒蛇爬过来，不怕；野猪蹿出来，不怕。笃悠悠，一位淡定哥！

他不计报酬，守护国家原始森林，严防火灾发生，让山上的猕猴们"安居乐业"。这里进山门，须登记车号，看身份证。有外人进来，他必定打电话上报。发现异样情况，马上报警。前不久，有20多对情侣，想来山上烧烤，给恋爱"添火加温"。他不禁止恋爱，却禁止明火烧烤，这是"防火细则"规定的呀。情侣们只好取消烧烤计划。

他尽心尽责，守护村民财产。这里的屋子都不锁门，断壁残垣，零散家什，本不值钱，他看重的是对祖祖辈辈感情的守护与升华。墙上残留着电表，门上残留着"功业永存"的横批，蓄水池的管子里，还滴着山泉水。高脚楼虽然拆了，老奶奶当年出嫁必走的河边老路，依旧横贯着。老林邃谷，遗存着"瓯越文化"的碎屑。这是带暖色的教材，供外迁的村民清明节回来祭祖时，温馨地复习。

周国荣的儿子——原周家村小组的主任，听说我们去，特地从别处赶来。他赞扬留守的父亲，还追述家谱："我们周家是龙图世家，老祖宗里，有宋朝的周执羔，中过榜眼，做过龙图阁大学士。"

没曾想，布衣野老，接续着显贵门祚。

"再数上去，到三国，老祖宗就是周瑜！我们属于周瑜第二个儿子传下来的那一支。"周主任说。

呵，他们是周瑜的子孙！我有点激动了，想从周国荣父子脸上，寻觅三国周都督脸型的基因组成。

"周瑜是要文有文，要武有武！"——他们父子俩，都为老祖宗自豪，同时想凭自己的作为，证明周家这一支是争气的。

起风了，满山绿叶，飒飒作响。感人的是，山径边一株近千年的红豆杉，用树枝托住长歪了的樟树，不让它倒下，有点"相依为命"的意思。

望着黝黑、清瘦的周国荣，我在想：周瑜的子孙，对清贫简陋，甘之如饴，只为完成两个字：守护！正如北宋思想家、资溪人李觏的诗所说："富贵浮云毕竟空，大都仁义最无穷。一千八百周时国，谁及颜回陋巷中？"

周家老屋前，我们吃了"原生态"午餐：野猪肉、小溪鱼肉、竹林鸡蛋、山泉水调拌的野生蜂蜜等。我道了声"谢谢"。

"不能说'谢'！"周主任说，"我们资溪人，讲话有忌讳，比如'帽'的土音是'没有'，'帽子'就改称'有子'。'谢'是'凋谢'，一般不讲。"我连忙改口："那就说，好、棒，下次再来！"

是的，周瑜子孙，绵延至今，不希望"凋谢"。

"诚壹"

　　老先生在旧上海生活过多年，博闻强识，娴于辞令。听他说话，常有与众不同之处。有一段时间，写青红帮的影视剧吃香起来，老先生却摇摇头："不像。我不大要看。"

　　我猜度，大约是剧本走样了，引得熟悉帮会内幕的老先生不满意。也好，我正要研究青红帮问题，便登门拜访。

　　老先生的居室，是窄小的亭子间。这使我想起了陆放翁的诗："蜗舍入门楣触额"。

　　"'天地会'的起因如何？"我问。

　　"你又不拜天地，了解这干啥？"老先生反问。

　　"我想研究帮会。"

　　他点点头，从康熙时少林寺 128 僧应募出征说起，讲了天地会的来由。

　　"那洪门的'十刑'是什么？"我问。

　　老先生看看我，从"不孝敬父母者，笞刑一百八"说到"为欺人之赌博者，刑七十二"，正好十条。

"茶碗阵如何摆法?"

老先生听到"茶碗"二字,大概是发觉自己嗓子干哑,缺少茶水滋润,便抱歉地说:"今天我口干了。"

我识相地告辞了。过了三四天,我决定再去。进得门,他愕然:"帮会是陈芝麻烂谷子了,你……"

"做一样研究,总要有诚心。您做我的老师吧!"我说。

"不敢不敢。"老先生拿来茶壶茶碗,在桌上为我摆将起来——这叫"单鞭阵",这叫"太阴阵",那叫"七星剑阵"。

"你口干了吗?"我想起上回的他。

"不,不干。"他声明道,"你有诚心,我也有诚心。我年轻时就是缺这份诚心,所以后来父亲叫我经商时,我蚀本了。父亲批评我'缺少心志专一'。你是研究帮会的,知道不? 旧时山寨门口挑面旗,上书'义招天下客'。我想,改一改,变为'诚招天下客',就普天下适用了。你若经商,一定比我强,能招来'天下客',因为你有诚心。《史记》有关于'心志专一'的话,你去翻翻!"

我回家,从《史记》中翻检出一段话:

行贾,丈夫贱行也,而雍乐成以饶。贩脂,辱处也,而雍伯千金。卖浆,小业也,而张氏千万。洒削,薄技也,而郅氏鼎食。胃脯,简微耳,浊氏连骑。马医,浅方,张里击钟。此皆诚壹之所致。

商贾百业,之所以能由薄技小业而致富,司马迁认为是"诚壹"的结果。"诚壹"者,心志专一也。对了,老先生指的,肯定是这一段!

待我抽得空来,再去老先生家,谁料,他已故去多日了。

雅　事

与友人路过银楼，里面金银首饰生意做得火旺。友人谓我云："此店财源茂盛，日进千金，卖出的首饰又能美化仪容，美化生活。你能否替银楼拟一楹联，勾勒其神韵？"

只可惜，我把肚子里的"墨水"掏腾了半天，还是没能让联句跳出喉咙口。

友人侃侃而谈："知道吗？商店的楹联，自古以来便有不少佳句。你有兴致搜罗，不失为雅事一桩。"

对做雅事，我自然是有雅兴的。不久，便觅到几联，且"口咏其言，心惟其义"。

譬如，一家阉猪店，整天听见的是肥猪的嚎叫，诗意安在？可朱元璋用"双手劈开生死路，一刀割断是非根"来形容，不是很传神吗？明朝开国皇帝，出身低贱，才有机会，接触底层社会，细致观察到阉猪的营生；加上一点点耳濡目染的文化知识，便灵感突发，凑成了这样一副不错的对联。至于他上台后，对文化人屡兴"腰斩"酷刑，将"一刀割断是非根"衍化成"一刀斩断腰椎骨"，则非但缺少

159

诗意，简直缺少人性了。

关于剃头店，石达开的联句，一显这位太平天国将领的素养——"磨砺以须，问天下头颅几许？及锋而试，看老夫手段如何？"有一则资料介绍说，此联是对冯云山一联的修改，且比冯的更有气概。后来，石达开兵败，被凌迟处死，整个过程一声未哼，表现出的也是惊人的气概。在太平天国诸多将领中，就个人品格而言，石达开获得的好评较多。如此看来，小小楹联，也是人的品格的外溢。说得雅致些——是人的一种文化符号。

而佚名者为剃头店写的联句——"虽然毫末技艺，却是顶上功夫"，出言通俗，概括准确，且透露出一点机智。有人说，在幽默方面，石达开不是这位作者的对手。我则以为，石达开一生戎马倥偬，死得又早，倘若让他有更多时间去发展雅兴，凭他的文学天赋，他也会拿出很诙谐的作品。

另外，关于酒店，两位佚名者的题联均有浓厚的翰墨气味。一为"沽酒客来风亦醉，卖花人去路还香"；一为"竹叶杯中万里溪山闲送绿，杏花村里一帘风月独飘香"。

还有《题茶酒亭》的楹联，把茶客酒客们的心态描摹得逼真："为名忙，为利忙，忙里偷闲，吃杯茶去；劳心苦，劳力苦，苦中作乐，斟碗酒来。"

我在报纸上，曾读到一则消息：广州某店，先有上联——"惠人惠己素持公道"，向各界征集后，觅得下联——"如亲如故长暖客情"，所对浑然天成，使人进入佳境。依我看，引动各界都来注目此店，怕也是生意经的一种，但这种生意经，有文化含量。

如今店铺多，在店里布置一些楹联，顾客进店，便可感受到文化氛围。搞不到适合本店的楹联，可以仿照广州那家店铺，动员社会力量征集嘛。《汉书·李寻传》有谓："士不素养，不可以重国。"照搬一句便是："商不素养，不可以兴财。"寓儒于商，实属雅事。

加强文化氛围，有益于进财，也有助于商界同仁认识自己的饭碗。比如"虽然毫末技艺，却是顶上功夫"，岂不是劝诚理发业各位安心岗位——你们的活儿貌似微不足道，其实是很高级的哩！

寻寻觅觅

　　城隍庙桂花厅后门弄堂里，早先是有一排桂树的。据说中秋前后，金风摆动着椭圆叶子，桂子悄悄落下，天香庭外飘逸。

　　我到桂花厅前后寻寻觅觅——不是为了追忆那排消失已久的桂树、辨析空气中是否遗存着桂花香，而是为了缅怀上海说唱艺术的巨人刘春山。这位宝山人，在 20 世纪 20 年代初，曾以他声若洪钟般的嗓子，为城隍庙桂花厅门前的游客，演出一阕又一阕带有上海风味的说唱。那词儿，是他现编现演的；素材，则从市井间听来，从报纸上看来。游客们在桂花厅吃了糯米圆子走出来，听到刘春山有声有色地唱着当天的新闻，句子中不时散发着幽默味道，便停下来听，听到精彩处，禁不住喝起彩来，觉得今天到城隍庙没有白来，既饱了口福，也饱了耳福。当然，听完后不能别转屁股就走，刘春山是要向大家收"凳子钱"的。

　　如今，我遇到刘春山的学生，言谈中，他们仍一致推崇刘春山，对他那种市井文学的俚语味儿，记忆犹新。可惜的是，刘春山留下的唱段已不多了，但从这些吉光片羽中，依旧可以感受到通俗文学的魅力。

　　倘若没有"桂花厅"，没有城隍庙，就不会有黑压压一片听众，刘春山或许就成不了巨人。

　　我翻开南宋吴自牧的《梦粱录》，寻寻觅觅——不是为了到当年户口浩繁、州府广阔的临安去神游，而是为了寻找播讲小说和史书的巨人。临安商业发达，演说故事、播讲史书者不绝。书中有一段，是这样描写的：

　　说话者，谓之"舌辩"，虽有四家数，各有门庭。且小说名"银字儿"，如烟粉、灵怪、传奇、公案朴刀杆棒发发踪参之事，有谭淡子、翁三郎、雍燕、王保义、陈良甫、陈郎妇、枣儿余二郎等，谈论古今，如水之流。谈经者，谓演说佛书。说参请者，谓宾主参禅悟道等事，有宝庵、管庵、喜然和尚等。又有说诨经者，戴忻庵。讲史书者，谓讲说《通鉴》、汉、唐历代书史文传，兴废争战之事，有戴书生、周进士、张小娘子、宋小娘子、邱机山、徐宣教；又有王六大夫，元系御前供话，为幕士请给讲，诸史俱通，于咸淳年间，敷演《复华篇》及《中兴名将传》，听者纷纷，盖讲得字真不俗，记问渊源甚广耳。

　　倘若没有临安的茶楼酒肆吸引食客，没有临安的面店鲞铺招揽观者，就不会有黑压压一片听众，谭淡子、翁三郎、戴书生们或许就成不了巨人。

　　当代作家中，刘绍棠是极为重视通俗文学的一位。譬如他受到柳敬亭说书的启发，写了小说《敬柳亭说书》，并理直气壮地将它作为大众文学的入流之作。譬如他说："不能坐视大众文学处于一盘散沙状态，任其自生自灭。"繁荣大众文学"非不能也，实不为也"。

　　他的小说，他的言论，写得入情，说得剀切。我想补充的是：要繁荣通俗文学，不能忽视商业的作用。繁盛的商业，不但替通俗文学提供了素材，也提供了巨人们舒臂伸腿、振翮翱翔的活动天地，犹如当年的桂花厅前哺育出一个刘春山。

　　所以，我在桂花厅前后寻寻觅觅，尽管桂树早没了，却依然能闻到一股清香——甜甜的、令人醒脑的清香。

辑三

闲情所寄

吃了"李觏炒饭"之后

在江西资溪县,我吃了一顿"李觏炒饭"——由米饭、猪油、干腌菜、鸡蛋、葱、盐等普通食材做成。当地人说,这叫"文化饭",是资溪一带常见的主食。宋仁宗时,南城长山(今资溪)人李觏赴京赶考,家境贫穷,母亲拿不出更多盘缠,便准备了这种"炒饭",送他启程,期盼他早日中榜,光耀家乡。

吃完"李觏炒饭",我擦了擦油腻的嘴;但心中油然而生的"李觏情结",却擦不掉了!李觏在今日资溪,是"千年乡贤之首""一等名人",有以他的字"泰伯"命名的"泰伯公园",有他的高大塑像。我站在塑像前,神情肃穆。听说,2009 年是李觏诞辰 1 000 年,当地开过研讨会,海内外学者参加。他被公认为北宋的思想家、教育家、文学家——"头衔"很多。

但我更愿意叫他一声"平民改革家"!

改革,历来是位尊权重者才能推动的事;平民百姓,虽有心,却无力。李觏出身寒门,想通过科举,登上更高位,施展其改革大志,无奈两次应试不第,只得折返家中,埋头著述,并开办书院,教书育人。

作为"平民改革家"，李觏能使上力气的，就是出文章，出思想，出理论，为改革造舆论。我翻开《李觏集》，读着《礼论》《周礼致太平论》《富国策》《强兵策》和《安民策》，这里星星点点，遍布着他改革社会的设想。社会，是包罗万象的；改革，也须全盘考虑，不能东涂西抹，偏三向四。李觏擅长从大处发议论，勾勒的是一幅涵盖政治、经济、军事、法律、文化等各方面的"宏图华构"，折射出他"康国济民"的恢廓胸襟，以及渊博的治学根底。南城长山的青翠大地，应为自己孕育出这样的赤子而自豪。

他把建立"法制"摆在了"改革"的重要层面——"有法制，然后有其物，无其物，则不得以见法制；无法制，则不得以见仁义智信。""法制不立，土田不均，富者日长，贫者日削。"他力主对官员进行考核——"凡百官府，旬终月终，皆考其治状，若治不以时举者，宰夫以告冢宰而责之。"他阐述了农民有田的必要性——"土地，本也；耕获，末也。无地而责之耕，犹徒手而使战也。""一心于农，则地力可尽矣。"他呼吁解决"土地兼并"问题，《平土书》二十条，便是用土地测量的数字，来演示"平土""均田"的构想，其中，像"南北之长三十三里二百八十六步有四尺，求步得九万一千六百七十四步"之类的句子，随处可见。他主张国家要加强储备——"兵有储，边有备，则国之幸矣，吏之能矣，元元之民自为之而已矣。"他主张通商自由——"官勿卖买，听其自为"，"商人自市，则所择必精"，"商人众，则入税多矣"。《庆历民言》30篇，更是从"辨儒""慎令""裁举"等30个方面，为革除时弊献策。

李觏不甘心手绘的蓝图只停留在纸上，他以"草茅匹夫"之身，到处推销改革理念，让其流布社会，上达天听。与如今在电影厂门口坐等机会做一回演员的人不同，李觏是"乞钱为食，陆走三千里"，"文宗名师，多所请焉"，先后给"刘舍人""王内翰""章秘校""叶学士""范待制""孙寺丞"等人写信，递呈著述，陈请提携。如在《上苏祠部书》中，他说自己"年二十七矣"，"进不得州郡举，退不得乡曲誉。饥寒病瘁，日就颠仆。抱其空文，四顾而无所之。今者窃向执事风采，不辞道路暑湿之勤，夙夜奔走，求通于门下。以执事之明，其亦为之动心哉！"真是以理服人，以情动人！但世俗社会，势利相轧，李觏经常以"热面孔"遭遇"冷面孔"，"踽踽而来，恓恓而返"。

当初，李觏的母亲，用香喷喷的炒饭，送儿子去赶考，未必料到他会立志改革社会。但孝顺的儿子相信，改革如果成功，一定是符合老百姓意愿，让母亲脸上，也绽开笑纹的。

李觏的运气差了点，劳碌一生，直到生命的最后两年，才得以去"太学"教书。在"太学"可以向学生宣扬改革理念，但也是纸上谈兵，掀不动现实世界的一砖一瓦。51岁，他刚刚"权管干太学"，却因祖母的坟要迁葬，告假回乡，八月天气，死在家里。临终，还为《三礼论》未完篇而抱恨。

1922年的一天，年轻的胡适忽然提笔，为800多年前的李觏写文章，称他是"一个不曾得君行道的王安石"。这个比拟，算得上机智，把李、王的异同，勾勒出来了。

改革是崎岖之途。王安石变法，汲取了李觏学说的养分，但他俩是否见过面，在哪里交往的，至今说法不一。我不知道，"得君行道"的王安石，究竟如何评价"不曾得君行道"的"王安石"，除了一句"而李泰伯……某与纳焉"外，竟无其他记录！王安石被黜时，李觏已去世多年。后来他沿着迤逦的涧水，去访问李觏的亲侄和学生李山甫，王的牢骚、苦水，以及对李觏的点评，完全可能向李山甫倾吐，但历史为何也没留下有关痕迹？

　　原来，两人没见着！有王安石《过长山访山甫不遇》的诗为证。

变了形的成语

一

我对文体作家，常常会多望几眼，因为大家都写杂文，而他却能独创一种文体！

独特的文体，是作家面对生活的姿态，挥洒个性的战术，出航远征的舟楫。创造何种文体，看似偶然，实乃作家的气质、美学趣味、知识结构之反映。当代杂文界，能创造新文体，且积以篇章，形成气候，值得从美学角度来打量的，要数流沙河的《Y 先生语录》和朱铁志的"小人物"系列。

当 2006 年 12 月陈长林的《成语重组》开始发表，人们忽然发现，一种前所未有的杂文新样式降生了。与街头一角的汽车零件修配店的营生不同，这种杂文，专事中国成语的"零部件"改装，大多是换一个字，也有前后对换字眼的，例如：《开棺论定》《不白之缘》《有歉同当》《以假证真》《以毒排毒》《忠言顺耳》《倒背如'锋'》《同街操戈》《红袖添乱》《扬短避长》《有冥无实》等。在广告、招牌乱改成语遭人诟病之今日，出现这一系列对中国成语的"篡改"，

171

看似自蹈"雷区",实则别具匠心。

而且,一篇篇,文字精短,内涵浩博,能够纳"须弥"于"芥子"。

二

陈长林是一位具有"感恩"意识的杂文家,在《成语重组》写作之初,就念念不忘向生活感恩,因为生活从正面和负面,都赐予他写作的冲动——

"偶得天助,重组得逞。""所以重组,无非纪实。""现实生动,现实无情。""不敢糟蹋语言遗产,只为现实立此存照。""当既定成语面对现实显得力不从心时,成语重组不仅成为一种必要,而且具备了多种可能。"

这里,流淌出杂文家深深的"无奈":既要尊重传统文化,因为成语这朵"汉语之花",是中国传统价值观的体现,不能随意践踏;又要正视现实,因为美丑交织的生活天天都打开新的窗口,除了生机勃勃,还有就是——光怪陆离、匪夷所思、令人咋舌。当代生活的诸多异化,屡屡将传统价值观颠覆,使"卯眼"和"榫头"对不上号。这就证明,在现实的无情冲击下,相对稳定的文化也会无可奈何地发生变异。而用变形的成语去表现异化的生活,表面看去,是让成语适应生活,让形式"追"上内容,而催人思考的恰恰是内容,是产生"异化"的深层次原因。

三

《成语重组》的鲜明特点,是浑然天成、不露斧凿之痕。这得益于陈长林的创作理念:如遇"重组机会","箭在弦上,不得不发";倘无"重组余地","尽管私下喜爱,也得忍痛割爱"。

比如,没人导演,没人编造,事情就是如此巧合:在出产成语

"杞人忧天"的河南省杞县，如今发生"钴60卡源事件"，因当地封锁消息，致使人们无端担忧"核泄漏"而离乡背井。将成语"杞人忧天"改为"杞人忧钴"，这是上天成全的"重组"！又如某地一女，出入顶级洗浴中心，忽遇上级派员查"三涉"，便要求供职于市公安系统的父亲赶赴现场为其出气，结果其父到场，因妨碍公务，职务被一撸到底。将"狐假虎威"改为"狐损虎威"，再贴切也没有了。某地黑社会"燕子帮"，有15名骨干与外围成员，考进警校，安排"卧底"，说明黑社会组织已经放出眼光，在做长远打算。所以将成语"鼠目寸光"写成"鼠目尺光"，真是顺手拈来，合情合理。而某地有路人看见老人摔倒在地，好心扶起，却被误认为撞倒老人，被判赔偿4.5万元。"助人为乐是犯罪"，"助人为祸"便应运而生，显得那样自然熨帖。

《成语重组》里，最让我受到震撼的，是《童言有忌》。一个七岁男童，对掉入河中的五岁妹妹，既未施以援手，又未大声呼救，任其溺死。他解释说："活着那么苦，拉她干什么？"（此话已成为2006年度语录之一）男童这种年龄段所不应有的悲观厌世，使人对社会的贫富不均与底层百姓的生活艰难，产生莫大忧虑。

如果单是将原本有价值的撕破给人看，《成语重组》就不够完整，也不全符合生活真实。可贵之处在于，它们有时能补上"时代要素"，把原先的负面价值提升为正面价值，使"古国道德老树，萌发文明新叶"。最具代表性的，是《为富亦仁》《见义智为》《死有余恨》，尤其是《死有余恨》，智性、理性、感性，三者都闪光，发表后受到好评。

四

不是张长林、李长林，而恰恰是陈长林，创造了《成语重组》

的文体，这与他的文化气质和审美趣味有关。他是新闻工作者，新闻嗅觉敏锐。在"重组"时，天下消息，旁搜远绍，取精用宏；新闻剪接，横针竖线，严丝合缝。加上平时读书，经史子集，样样涉猎，尤其爱读笔记小说，所以知识面宽，文史哲、儒释道，连心锁，力必多，现实与典故交错，"爱心"与"花心"齐飞。材料运用，则注意"避熟"，给人新鲜感。

幽默，是陈长林的禀赋，有时，轻轻一点，戛然而止，比如《知恩忘恩》中的"与其死后相报'涌泉'，何如生时报以一瓶矿泉？"有时，排山倒海，不可遏止，比如《不堪之论》讥讽"胃病传染！7亿人不能接吻"的胃病药品广告语：

爱抚诚可贵，接吻价更高。若为生命故，二者皆可抛。反正眉目传情、暗送秋波是传统，不能接吻就不吻吧。不过疑团依旧未解：倘若7亿人因胃病不能接吻，还有3亿儿童不需接吻，上亿老人不必接吻，加上艾滋病患者、乙肝患者、肺结核患者、性病患者等，合起来怕也要过亿，医生同样忠告不可接吻。难道偌大中国，只剩下数对情侣为商品馈赠而狂吻不成？

"妙喻如珠"，是陈长林对边芹散文的赞语，其实他自己也常常"妙思如珠"。《成语重组》里的精妙思绪，往往通过工整、对称、有画面感，甚至押韵的短句，接二连三，泉水般"溢"出，颇具元曲小令的韵味。

五

从理论上讲，汹涌向前的生活，有可能颠覆所有的成语；换句话说，世上有多少条成语，就可能有多少则《成语重组》。

　　一旦《成语重组》与生活长期挂钩，"批量生产"的潜力就极大。

　　即此一端，便可预料：陈长林今后有得忙了！

　　"小荷才露尖尖角，早有蜻蜓立上头。"当这种文体刚露"尖尖角"，评论家就在扶持、鼓吹，报刊也提供版面，使之传扬。作者本人，应当充分认识其价值所在，不要因为偶尔发不出而打退堂鼓。另外，对人们不太耳熟能详的成语，应在文中点明，如"别有会耳"，可适当挑明是成语"别有会心"之变种。

　　"成语重组"系列，其实可以与漫画配套发表，将来纂辑为《中国成语重组》一书出版，或许会从某一特定角度，披露中国社会的世态万象，为历史留下记录。我甚至以为，电视台也可开专栏，选一些视觉感较强的《成语重组》，或配以漫画，或由明星演绎，这是荧屏与杂文的嫁接，是普及当代杂文的举措。借此，既温习传统文化，又解读现实生活，对青少年也是很好的入世启蒙和道德教育。

　　可有电视台，敢为天下先？

悬河泻水　滔滔不绝

听阮直闲聊，是一种乐趣；读阮直杂文，是一种享受。此公的文笔，有点像他的口才：悬河泻水，滔滔不绝。

报人写杂文，最怕夹杂"时评腔"，就像骑惯了自行车，再骑黄鱼车，龙头会歪。可阮直的"龙头"，掌控得很稳。今年夏天，上海气温高达 40℃，我顾不得汗流浃背，拿起《阮直集》，将 53 篇文章，从头至尾，一口气看完——正因为，这些都是不带时评影子的杂文，抓人眼球。

《阮直集》的"自序"，是他的"杂文宣言"，明确宣告："爱是我写杂文的动力。"这个动力，很给力。正是由于爱祖国，爱生活，爱生命，他才选择了用杂文来批判丑恶，特别是"批判权力对弱势者的轻蔑，批判权力与资本结成的利益链条，批判强权对知识分子独立人格的绑架"。一百个杂文家，有一百种批判方式；阮直的方式，也与众不同。

七年前，我曾用"一路形象到底，一路调侃到底"，概括阮直杂文的风格。近几年，他依旧保持了这一风格。这是阮直写作的"看家

176

本领"，在全国"杂文市场"上，具有"品牌效应"。有的句式，只要念上几句，便可猜出：这是阮直的文章！

"一路形象到底"，即文中的观点，大多有形象作依托，而且贯穿始终。他能描情状物，勾勒出批判对象的形态，然后鞭笞之。在《"有病"才去找"神医"》里，他如此描写骗钱的"神医"——"有一段半真半假的传说，有一本半缺半全的医书，弄一副半人半仙的样子，有一种只可当面吃下、不许带走的'灵丹妙药'，有一面面、一块块患者上当受骗后送的锦旗、匾额或高悬或悬高。"但"世代神医"也都是"苦"出身——

所不同的是短粗的手指头上多了一枚大个的金戒指，眼角的眼屎照样洗不净，但却多了一副装饰用的金丝眼镜，又粗又黑的脖子已系上了一条金利来。

"洗不净"的"眼屎"，与灿烂的三"金"同辉耀——阮兄的"形象思维"够卓越的！在《绅士个屁》中，他写道："都像鸡蛋一样圆滑的头颅是长不出绅士犄角的。"在《乔布斯的土壤与托马斯的神话》里，他说道："挣钱的事情最不用别人操心，每个人都是知道腥味在哪里的一只猫。""乔布斯的苹果'改变世界'，连资本的肮脏也能被智慧漂洗了。"在《城市名片与'名人'名片》内，他讲道："我就没见过一个北大的教授还在名片上印上'北海电大客座教授'的。一个月亮的清辉还不顶二十个繁星的光亮吗？"别以为，这类比喻，拍拍头皮就可以想出来，其实，这是作家的一种禀赋，是心理素质、知识结构、想象能力、语言库存量的综合反映，没有多年历练，达不到如此境界。

　　"一路调侃到底"，即把一本正经的"批判"，化为幽默的"调侃"，一路嘲弄，一路讽刺。题材悲催，他能以乐写悲；内容痛楚，他能以笑写痛。有时，带有"脱口秀"式的随机应变的智慧；有时，带有网络时代"吐槽"式的挖苦和抬杠；有时，貌似乐乐呵呵地说笑话，突然机锋一露，杀出回马枪来。我曾对人感叹：要把阮直的调侃功夫学到手，我只能等下辈子再努力了！这种功夫，据说来源于阮直从小生活过的科尔沁草原姥姥家的那一片乐土，那里的人豪放、乐天，"七百年谷子八百年糠、张大胡子吴大帅地胡扯滥拉"，"除了父母不许捎带上，骂天骂地骂皇帝都没禁区"。真是"一方水土养一方人"，大草原的风情，养育了他善谈能扯的脾性。《物极必反》，是他杂文中的名篇，12 段文字，每段排列几种事物或现象，东拉西扯，由少到多，由浅及深。从第一段："话说一遍的是皇帝，说两遍的是宰相，说四遍的是太监，反反复复说个没完没了的是老婆"，到第十二段："牛一，若说是'牛顿第一运动定律的简称'，那么牛二则是街头的泼皮，牛群就是奶业兴旺的标志了，'牛根生'就是'蒙牛'的法人代表，'牛皮'就是我们乡长浮夸的见证。"语言谐谑，看似毫不相关的"扯闲篇"，其实，有砭庸针俗的深意存焉。那篇《啥叫误人子弟》，回首自己被"极左"路线耽误了的大半生：

　　二十三岁那年我还以为爱因斯坦是西亚的一个主权国家，二十五岁时我还坚定地认为"三大宗教"都是封建迷信（其实到现在我都用不准这个词组），二十四岁那年我在大学的课堂里，老师讲到了马克思的哲学思想是吸收了黑格尔哲学的，我曾经为此苦恼了三天，这黑格尔是个什么果子呢？

　　全文从头至尾，将"极左"路线反知识、反文化的本质，调侃个够，并对如今教育的得失，也作了思考。

　　阮直杂文，常把自己摆进去。此公年纪不算老，偏偏"老气横秋"，早在40岁出头一点，就开始把"老夫我怎么怎么"，挂在嘴边。有时像说相声，先来个"自我矮化"，让人觉得，这"老夫"能以弱者自居，蛮谦虚的。比如，《研究一下"研究生"》，剖析的是"读研热"中的猫腻，却以"自嘲"开头：

　　若按我所具备的学历资格，老夫我是无权研究研究生的，因为我迄今所拥有的这个高等学历文凭是个假的（就是花钱买的），交足了学费，人家给了那么一个"××大学函授部"的红本子。但我对得起组织的是我从未在任何一张与组织有关或与组织无关的表格上写下我这个"假学历"，包括搞对象时，我虽说千方百计地"卖弄"过自己的"学问"，但也没敢"显示"一下这个"学历"。因为我心里知道它不是"亮点"是"污点"。

　　态度实在，文风亲切，使全文对片面追求"高级文凭"的批评，显得不是隔靴搔痒，而是切中要害。而在《现代隐士要隐啥》中，作者以"草包"自称，强调的是"欲望其实并不可怕，可怕的是欲望无限"。《我怕人类破译"基因密码"》，旨在批判特权阶层和等级思想，作者以"喽啰"自称，认为"千年长寿的优待在中国若有千分之一的名额，也该是我们乡长先轮到吧"，"像我一样的喽啰就是到了死的那一天，去火化也都轮不上优先权"。一个"喽啰"要求"生命平等"，这种声音，值得同情，也有点可爱，从而让全文的立意——"生命的长短还是让人类不能随意地控制好"，"一旦让腐败和强权者'贪污'了'长寿'的基因密码，这个世界可就再难找到好人了"——一下子跳了出来，变得合情合理。由此可见，矮化自己，是为了深化命题。

命题，是表达判断的语言形式，而阮直，恰恰是发现命题、提出命题的高手。当然，"不吃饭是要饿死人的""包二奶是不要脸的举措"这类命题，在《阮直集》里是找不到的。他的命题，是在独具风貌的论述中，归纳出来的思维结晶，新鲜、别致、深刻。例如，广州火车站的工作失误，造成上百万人聚集在站内，成了一个"死站"，而如今任何一个阴谋都不能让百万人聚集在一起——对此，阮直的命题是："无能有时比阴谋更能坏事"；赵高、秦桧、周作人、康生都是文化名人——对此，阮直的命题是："文化不是灵魂的'排毒胶囊'"；出卖肉体的人要挨骂，但那些出卖土地的是拉动经济，出卖国有企业的是资产重组，出卖青山绿水的是发展旅游事业——对此，阮直的命题是："出卖不是自己的东西才最卑鄙"；我们弱小时，就用谋略去以弱胜强，我们强大时，就用重典与王法治国、治民——对此，阮直的命题是："谋略是弱者的暗器"。单是关于"无聊"，他就提炼出如下命题："无聊才是我们生命的常态"，"人的可笑与可悲不是无聊，而是神圣自己对付无聊的方式"，"无聊的人，比人的无聊更遭人讨厌"。有深度的命题，标志着一种思想高度，是杂文家对新的"思想煤层"的开掘。

阮直杂文，是一朵奇葩。他能成为《杂文选刊》评定的"中国当代杂文30家"之一，自有其相应的实力。十几年前，我编《文汇报》"笔会"杂文栏目时，编发过他一些稿子，对其写作风格十分看好。我在想，老夫老夫，迟早是要老的，但他的爱不会老，思维不会老，杂文的生命力不会老。

笑的幅度

我喜爱滑稽戏，几乎每戏必看，总觉得在工作之余，能由衷地发出几声轻松的笑，是人生的一大快事。

杭州龚一呆，动作幅度比较大，手和脚经常会添加一些滑稽动作，夸张地揭示人物性格。脸部表情"死样怪气"，眼睛耷拉着，不时做一点鬼脸。这有助于刻画奸商、骗子、白相人一类角色。每逢龚一呆出场，几个动作一做，"哈哈哈"，观众的笑声就从喉咙口迸发出来。

比龚一呆动作幅度小的，是上海周柏春。他的表演较含蓄，内在的东西多，属于"阴噱"。有不少"包袱"，刚"抖"出来时，全场肃静；停了"半拍"后，观众才猛然醒悟，于是"哈哈哈"，满场爆出笑声。

动作幅度最小的，是无锡杨天飞。他几乎不用外在的动作，连转个身也是慢慢地，面孔"一本正经"，然而剧场效果颇佳。他在《我肯嫁给他》中扮演"扒儿手"未来的岳父、一位老知识分子，平平淡淡几句话，竟能让观众笑得喘不过气来。这种"藏而不露"的艺术，真是高超。

李九松靠"木头木脑"取胜，袁一灵以"巧舌如簧"见长，丁玲玲用"自然朴实"博笑，筱咪咪借"阴冷面孔"出噱。青年演员中，我最欣赏上海王津波的演技。他轻松自如，满台兜得转，没有新一代演员常有的那种拘谨、不成熟之感。他在《孝顺侃子》中饰演的不孝儿子阿三，语言、动作都是典型的"海派"味道，观众笑得前仰后合。记得有一回，我请复旦大学贾植芳教授看《孝顺侃子》，王津波一出场，几句话一说，贾植芳就"哈哈哈"笑起来！

王津波台上能出噱头，在台下口齿也很伶俐。有一次我去后台采访，恰逢王津波走进来，对某个演员叽里咕噜说了一大段话，滴水不漏，很有笑点。我想，台上几分钟，台下十年功，这就是滑稽演员的过人之处！

这还不算最"厉害"的。前辈艺人告诉我：滑稽戏历史上最出名的"冷面滑稽"，是程笑亭。著名电影演员石挥，曾这样评价他——"这种滑稽没有办法学得像，实在是太噱了！"程笑亭上台演戏，不但观众笑，同台的演员也笑，笑得抑制不住，逃进后台，过了一会儿才出来。程氏不明白自己有什么好笑，便压低声音问：

"你笑好了吗？笑够再出来好了！"

那演员又憋不住，再次逃进去。可是程笑亭自己从来不笑。久而久之，演员们都害怕与他搭档。当然，这是几十年前的事，余生也晚，无缘亲睹了。

看看这些成功者，反观现在有些年轻演员，总觉得有点"跟不上趟"，亟待提高。不瞒大家说，有那么几位，在台上使尽吃奶力气，脸上热腾腾地冒汗，观众还是难开笑口；笔者坐在下面，看得实在吃力死了。

夹缝中搭"戏台"

　　山东泰山脚下，有位孟庆甲老先生，书法成就颇高。有趣的是，他不是用笔写，而是用手指写的。我看过他的指书表演，在一个敞亮的大厅里，百余人围着他。他十个指头蘸满墨，在白纸上左右开弓，挥写大字。"奋进"二字，浓淡相间，虚实并出。"山青水秀、洞奇石美"八字，用了篆体、隶书、草书、楷书四种。"欲穷千里目"用左手，"更上一层楼"用右手，落款则用双手握笔。还有"拇指书"和"五指书"（五指同时写）。

　　孟老先生这样说："千百年来人们都用毛笔写字，我偏要钻个空子，用手指写，就与众不同了。而且，指书可以表现笔书达不到的效果。"

　　在上海长寿路上，有位郑逸梅老先生，人称"补白大王"。他一生著作不少，但有趣的是，他不写小说、不写戏剧，专写短小的"补白"文字。每篇文章，不外是人物掌故、艺坛逸事、文苑花絮、报界旧闻，短则几十字，长则千把字，都是被一般人看不上眼的小东西。他从 19 岁写到 90 多岁，竟也积有几百万字。就以《南社丛谈》来说，54 万字，同人家长篇小说的"块头"一样大哩。

郑老先生这样说："'补白'文字是块很好的天地，但许多人把它忽略了。70 多年来我却始终抓住不放，觉得很有乐趣。我有个原则：别人讲过的我不写，专写人家没讲过和不知道的。写大人物，不抓大的东西，只写小的动作，因为不被世人所知，新鲜！"

孟、郑二老，相隔千里之遥，其成就却有"异曲同工"之妙：他们都谙熟"人才学"道理，都喜欢在夹缝中搭"戏台"，各自唱了一台好戏。

最近，我还知道，在银幕上大名鼎鼎的阿Q，也是在夹缝中搭着"戏台"哩。有一回，我在严顺开家里，听他谈阿Q。他可起劲了，站起来，一对小眼睛显现出机智的光彩："我没有照话剧的路子演——否则会演成正剧的阿Q；也没有照滑稽戏的路子演——否则会演成滑稽阿Q。我在这两者之间的夹缝里走出一条路子，做了一个'混血儿'，两边的长处都得到一点！"

不用说，这位混血阿Q取得了成功。

艺术与科学，贵在独树一帜。这就需要"人弃我取，人取我弃"。谁善于在别人经营过的地盘的夹缝中搭"戏台"，谁就有希望取胜。用科学家的一本正经的话来说，便是："在科学发展上可以得到最大收获的领域，是各种已建立起来的部门之间的被忽略的无人区。"（维纳语）

世上的成才之路，其实宽广得很。假如一些人，把身体转过来，根据自己的特点，另求出路，在各种夹缝中搭"戏台"，命运大概会好得多。

说不定，一场场有声有色的活剧，正等着他们去揭开帷幕呢！

析微察异

"观今宜鉴古，无古不成今。"

把古今的事例，拣相似的，摆在一起，像鉴赏贝壳那样，摩挲、比较、析微察异，领略历史留下的色彩，感受现实闪耀的光泽，是一件舒心的事。

一

——《陈书·欧阳頠传》说：交州刺史袁昙缓，秘密地将五百两金子寄给欧阳頠，"令以百两还合浦太守龚芳，四百两付儿智矩，余人弗之知也"。过了不久，欧阳頠被萧勃打败，"赀财并尽，唯所寄金独在"。不久，袁昙缓去世，欧阳頠依然将金子如数还给了龚芳和智矩。"时人莫不叹服，其重然诺如此。"

——"善行河北"网登载：河间市景和村体彩投注站的站主孟中民，垫资6元，为他人代买彩票，不料竟中了500万元大奖。"面对如此诱惑，他毫不犹豫地在第一时间通知中奖彩民并归还彩票。"

老朱曰：古今两例，有可比性。欧阳頠"赀财并尽"，孟中民家境也不宽裕，然而，都能在金钱数额巨大、别人不知晓的情况下，信守承诺。此乃"君子慎其独也"。比较起来，孟中民更不容易，因为袁昙缓是"寄"五百两金子，总有人"邮递"或"传递"，会留下蛛丝马迹，而买彩票，"不记名、不挂失，谁持有谁就能兑换奖金"。如果孟中民不通知中奖人，连神仙也难以查明这幸运彩票是他为别人代买的。而且，老孟平时就说："在生活中，每个人都应该讲诚信。"可见，"恪守诚信"是他一贯的做人准则，非一时心血来潮也。

欧阳頠长相如何，无从考证；老孟的照片，我在网上看到了，一副老实厚道模样。所谓"相由心生"，信然！

二

——《宋书·谢瞻传》说：谢瞻"幼有殊行。年数岁，所生母郭氏，久婴痼疾"，他不论早晚、不顾冷热，"尝药捧膳，不阙一时，勤容戚颜，未尝暂改。"他担心仆人们对母亲照顾不周，小小年纪"躬自执劳"。为了不让病中的母亲受惊，他走路轻手轻脚，感动了"一家尊卑"，大家全都把鞋穿好了再走路，屏气而语，不让发出声响，"如此者十余年"。

——"善行河北"网登载：高阳供电公司员工王新栋，在做好本职工作之余，从母亲患病到去世，整整13年，4 745个日日夜夜，侍奉在母亲身旁。当听说沧州肃宁有老中医掌握祖传秘方，他借来汽车，带母亲投奔而去。路上坑坑洼洼，为了不让母亲因磕碰发出呻吟声，三个多小时里，他一直紧抱母亲，没松过手。下车时，他两只胳膊都麻了。自从母亲生病后，他睡觉一直很轻，和母亲屋里相通的门总是敞开着。在他照顾下，母亲从未生过褥疮，也未受过委屈。

老朱曰：古今两个孝子，让人好生感动！谢瞻是坚持了"十余年"，王新栋是坚持了十三年；谢瞻是"勤容戚颜，未尝暂改"，王新栋是一路紧抱母亲，没松过手；谢瞻是走路轻手轻脚，王新栋是睡觉一直很轻；谢嚩早慧，只有几岁，便懂得"尝药捧膳"，形象可爱，王新栋年纪大一些，孝顺之举更有"忆苦思孝"的理念在支撑——"和父母为我做的比起来，这点苦算什么"；谢嚩家境优裕，有仆人服侍，王新栋身为供电所副所长，后又调任县公司领导财务，工作繁忙，里外操持。如此境况下，王新栋能坚持行孝，是谢嚩所不能比的。他多次荣获"优秀共产党员""先进工作者"等荣誉称号，其家庭多次评为"和谐家庭""平安家庭"，便是题中应有之义了。

三

——《史记·淮阴侯列传》说：韩信落魄时，在城下钓鱼，有一位漂洗丝絮的老妇见他饥饿，便拿饭给他吃，一连"数十日"。"信喜，谓漂母曰：'吾必有以重报母。'母怒曰：'大丈夫不能自食，吾哀王孙而进食，岂望报乎！'"韩信后来发迹，当楚王时，找到那位给他饭吃的漂母，"赐千金"。

——"善行河北"网登载：廊坊市大城县马六郎村村民李海昌，幼时正逢经济困难时期，村里有老人蒸了一锅红高粱面窝头送到他家，好心的大婶还将旧衣服送给他和兄弟姐妹，让他们免受饥寒折磨。1983 年，他经过下海打拼，带领全家摆脱了贫困。但他难忘儿时那一锅窝头和那些旧衣服，决心报答乡亲。从 1986 年起，每年腊月二十刚过，李海昌就盘算着村里有多少孤寡老人，有多少患病的乡亲，今年给他们准备点什么。"他向村里孤寡老人和病残者每人发放 50 元钱和一些水果，到现在每人 1 000 元、500 元、200 元不等，这样一坚持就是 28 年。"28 年来，他变老了，唯一不变的是他感恩的心。往年的捐助由于没有记录，人次与金额已无从查起，记者了解到，2013 年李海昌资助乡邻 20 人，现金和物资共计 1 万余元。

老朱曰：古今两例，都提到"解饿"，都含有"知恩图报"。

古例中，请出了千古名人韩信。韩将军富贵不忘贫贱时，感激漂母，回报漂母。回报也要有资本，他衣锦还乡，春风得意，一掷千金，手面够阔的；但居高临下，总给人一种恩赐的感觉。漂母这回没发怒，应该是欣然收下的。她当年之所以放出"大丈夫不能自食"的狠话，一般认为，是她没料到韩信将来会有出息。但我的理解恰恰相反：正是她看出了韩信并非庸才一个，所以使用了"激将法"。如此看来，漂母堪称"鉴别人才"的高手！

相比较，李海昌就平实多了，没有名人光环，没有戏剧效应，属于实实在在的草根阶层，平平常常的百姓故事。而这，也正是事例的现实意义所在。李海昌是回报，而不是像韩信那样的恩赐。说得深层次一点：是一棵小草，感念大地母亲的恩情，谦恭地用行动来报答。现在，他把感恩图报、助人为乐的接力棒，逐渐传给了儿子。儿子说："我从小就看着爸爸做这些，习惯了，我爸老了就由我来做，这事很正常。"

历代贤君、开明士大夫，常对人进行道德诫勉，比如刘备说："勿以恶小而为之，勿以善小而不为。"高攀龙说："以孝悌为本，以忠信为主，以廉洁为先，以诚实为要。"其主题，无非是稳定封建秩序。如今的"善行河北"道德实践活动，让燕赵儿女"善心涌动""善行如潮""善果累累"，其主题，却是在推进社会主义核心价值体系。

这个主题一亮相，刘备、高攀龙们的主题，未免减色了！

文人宜散也宜聚

自从曹丕说了一句"文人相轻，自古而然"，文人相处俨然成了千古难题。

文人的缺点，一是清高，嘴上谦虚，内心却暗藏着挥之不去的优越感："我是写长篇的，你不过写写短章而已。""我得过某某奖，比你得的那项奖，档次高得多。"而建筑工人在一起，就不大会去想："我造的是五星级饭店，你不过造三星级而已。"二是都会耍笔杆子，谁要是稍一得罪他，反击起来不大客气，经传纲鉴，随手引用；时文诗赋，顺势拈来。

记得，黄秋耘写过一篇《文人宜散不宜聚》的文章，对文人、特别是杂文家的相聚，忧心忡忡，认为"杂文家和别的什么家不同，专门讲逆耳之言，而不歌功颂德，他们和明代的谏官一样，被人们目为'乌鸦'"，尤其不宜聚在一起。至于组织"杂文家联谊会"，大大背离了"文人宜散不宜聚"的原则，"成立了也无法展开活动"，"杂文家先生们可以休矣"。并表示，今后一定听从老前辈"文人宜散不宜聚"的教诲，"不再跟亲爱的同行们老搞在一起"。

对黄老前辈的幽默，以及历史带给他的麻辣辛酸，我很理解。但实际生活中，我却有点不同感受。

17 年前，我去北京，在景山公园，有幸与文人们一起喝早茶。那回在座的有牧惠、邵燕祥、蓝翎、何满子、陈四益、朱铁志。他们都是当代杂文界的巨擘，世上腐败，笔底锋芒；民间疾苦，胸中波澜。大家品茗聊天，讲新闻，谈创作，论国势，砭时弊。人际风和日丽，彼此融洽无间，看不出他们有何"不宜相聚"之处，反倒是相聚触发了写作灵感。2004 年 6 月，牧惠在洗澡时突然去世，邵燕祥给我发来邮件，大意是说："我对牧惠的一篇文章有不同看法，想提出来同他商榷，他说'好啊好啊'。言犹在耳，一个好人就这样走了！"

字里行间，充满沉痛、惋惜。这表明，融洽并不意味着观点妥协、棱角磨平；君子践行"和而不同"，在和睦中保持交锋，在论争中推进友谊。

至于黄老前辈担心的"杂文家联谊会"，从他写《文人宜散不宜聚》时起，至今已开了 20 多届。"乌鸦"们聚在一起，非但没有"搞得天下大乱，不得安宁"，而且为全国杂文的繁荣，起了助推作用。作为"杂文联谊会"的一分子，老朱我打心里面觉得，亲爱的文人同行们挺可爱，也挺好相处。下一届聚会日期尚远，我已在翘首盼望了。

还是改一个字吧：文人宜散也宜聚！

写 花

　　杨朔、秦牧，都是人所敬重的散文家。杨朔写花，笔致细腻，常融入具体的视觉因素。秦牧写花，好发议论，常注入抽象的逻辑思维。

　　写花的方法不同，在于写花人的"知识结构"有异。同是散文家，杨朔偏向于小说家的"结构"，笔尖落在纸上，都是描写，如闻其声，如临其境。秦牧接近于杂文家的"结构"，墨水渗在纸上，都是输送知识，传播哲理。他的各类作品，甚至小说，你去翻翻，都可以看到影子——杂文的影子，尽管隐隐约约。

　　"结构"，多么神秘的"结构"呵！其实，生活中，许多东西都有结构。阳春面，要用"竹笊篱"去捞；大米饭，须得"铁勺子"来盛。"竹笊篱"和"铁勺子"，结构不同。两者硬要"对调"，则面条就会舀不起来，饭粒也会从"竹笊篱"的洞隙中漏将出去。有识之士，把要攻克的目标比作"鱼"，把人的"知识结构""智能结构"比作"网"，这是很有见地的。你要捕"鱼"，就得结"网"——各种知识、智力、技能、修养交叉地、有机地融合成的"网"。知识有缺门，"网"有缺陷，"鱼"就会漏网。

"鱼"不同，捕"鱼"的"网"也得相应地不同。要捕捉人们从未捉到过的"鱼"，请你准备一张"创造之网"！"创造之网"不是单一的思维方法，而是一个人的智力所结成的最合理、最科学、最新颖，因而是最佳状态的"网状形式"。

不是说，信息和知识在现代社会中占有举足轻重的地位吗？把人的知识、技能，看成一个"网状结构"，就是把人的知识、技能信息化、模式化了。既然由高知识化、高信息化构成的科研、金融等行业是新技术革命的基础，那么，各种人才——具备创造性的"网状知识结构"的人才，便是基础的基础了。企业要实行经济改革，首先要善于选拔人才。把人的知识、技能信息化、模式化，这就为企业在选择人、使用人方面，如何做到最经济、最科学，提出了新的标准。例如，某个项目需要人们达到七项"指标"，全部达到的人当然最理想，而那些缺一到两项的，可以有针对性地"补课"。

谢谢杨朔，谢谢秦牧。读他们写花的散文，让我们"读"出了一个"知识结构"问题。可不是，从文学天国中"窃"来的"火"，也可以"煮"经济改革之"肉"！

走出小圈子

——我的 2007 年

我的 2007 年，是个拐角；一支奏了多年的曲子，在这里忽然变了旋律，向着新乐章，潺潺流去。

不用据守办公室，围着大样、小样转了。不必整天给杂文作者发"伊妹儿"，说"这篇留用""那篇奉还"了。多年了，被版面套住，自以为一个小圈子便是世界了，不知不觉，圈子老化，目光老化，知识结构老化。退休了，我来指挥时间了。我向自己发话——"走出小圈子，接触更多人，汲取更丰富的灵感！"

2007 年，我与上海的一批小说家，去了山东。小说家与杂文家气质有异：杂文家聚会，动辄指斥时弊，忧国忧民，以蠲除痼习、补苴世风为己任；小说家聚会，不大指点江山，调门也不激昂，说起事来，有情节、细节，如鱼儿浮出水面，可以捕捉。我听一位写长篇小说的好手，用标准上海话演绎坊间故事，噱头频现，令人喷饭。而且接二连三，内容不重复。我来不及记录，只得让它们随风飘去。另一

193

位小说家，介绍落后青年在课堂上捣乱，语言极富个性，不用加工，便可移入作品。小说家擅长描绘生活，无意之中，也将自己这个群体的风貌，抖搂在人世间了。

2007 年，我还接触到另一个群体。因参与编辑一本画册，我在广州，先后见到了杨尚昆的儿子、瞿秋白的女儿、刘少奇的女儿、周恩来的侄女、董必武的女儿、叶剑英的儿子、陈毅的儿子。我自小读过瞿秋白致女儿瞿独伊的信，那信写得亲切、随意，使我对瞿秋白文字的潇洒，很早留下印象，也使瞿独伊的名字，让我熟悉了。如今忽然见到，瞿独伊已是 86 岁的老人。她开朗、阳光，在坐等宴会开场的间隙，当众翩翩起舞，表演俄罗斯舞蹈。后来，我与她谈起了瞿秋白故居的情况。这些老一辈革命家的后代，历尽沧桑；谈吐、气质，有很多共性。我有缘识荆，增长见闻了。

2007 快近尾声的时候，我去了广西北海。那里有以北方汉子阮直为首的一个文化人群体。他们浸润于岭南文化的余韵，在沙滩与海风中放飞彩色的羽翼。作诗就吟《梦里鲜花》，为文则写《月夜观海》。大多数人，操两广口音，习惯吃海鲜，滩涂上钻进钻出的沙虫，是他们餐桌上的美食；骑一辆摩托，戴一顶头盔，不紧不慢，怡然自得，穿行在大榕树遮阴的马路上，则是他们剪影般的身姿。经济不发达的西南一隅，给人的，是余裕的时间，从容的节奏，悠闲的生活。令忙碌的外地人，好生羡慕！我的灵感，在椰风海韵中，"簌簌簌簌"，冒出来了。

全国十多亿人，我见识过多少？差远哩！我要走出去，走出去，把对人的认识，融入我的小说与杂文中。

再见，我的 2007 年。你赠予我的感觉，我不会遗漏，全都带进2008 年。

自　由

阶级斗争天天都讲的年代，是老百姓住房天天都困难的年代。我家四口，住一间房。我问母亲："怎么解放初不想办法，多弄两间房？那时房子很多。"

母亲叹口气说："1956 年，有人嫌房子太多，问我要不要？我想，现在住一间足够了，将来形势越来越好，房子越来越多，不用愁的，也就懒得去调房了。现在懊悔来不及了。"

"越来越好""越来越多"，愿望虽然美，却有点想当然；想当然，就脱离实际，吃苦头。那个时候，住房比人吃香，不少人找对象，不问人怎么样，先问"房子有没有"，好像不是与人结婚，而是与房子结婚。与房子结婚，甜果、酸果、苦果，结局就难预料。

现在好了，住房不愁了，可以用钱买了。我和爱人一商量，觉得光住在上海，还不够，还想到外地买房。广西北海的杂文家刘永平，为人豪爽、热情，他告诉我，北海房价低，空气中负离子含量却极高，有些老人，患呼吸道病，住到那里，病就好了。我被这一"低"一"高"吸引，心想，再过一年多，我将退休，乐得去北海买房，今后常住；便和爱人一起，飞赴北海。果不其然，那里三面环海，空气新鲜，榕树匝地，荫蔽马路，令人神清气朗；新建房子多，是买方的天下。我们用三天，看了新建房、二手房、单元房、复式房、市中心房、海景房；用两天，办好购房手续，以 1 480 元一平方米的单价，买下 128 平方米的三室两厅；用一天，定下装修方案。该房所在的小区，幽静、漂亮，犹如童话世界。

在上海，我住的钦州南路，以及周围的桂林路、桂平路、柳州路、浦北路、田林路、苍梧路，用的都是广西地名；如今又去北海买房，我同广西，真是有缘了。

说起来，这次买房的动机，是为休闲，提高生活质量。记得《人类思想史中的休闲》一书，讲到有三种障碍，阻止人们去体验休闲：①心理障碍。如怀疑自己在某一特定休闲活动中的能力感。②人际交往的障碍，由人与人之间的关系所导致。比如周围人的不同看法和担忧。③结构性障碍。比如气候、工作日程安排或是可获得的机会。要克服障碍，必须对休闲，培养出鉴赏力和兴趣，并用相应的资源、技能，去深化。回想一下，我们去北海买房，是铁定了决心的，是横扫了这三种障碍的。是否可以说，我们在对休闲的鉴赏力和兴趣上，作了一点深化？

那么，休闲是什么呢？该书摘引历代先哲对休闲之褒扬，罗列当代人对休闲之践踏，指出：休闲是一种文化，是一种哲学观，是心灵的一种态度，是对自由的阐释，自由不能被局限于"摆脱阻碍"这一层面，自由是一种能力，一种做自己想做之事的能力。

休闲原来是通向自由的桥梁！我终于可以发挥几句了——我以为，从某种意义上讲，住房的多少，折射出休闲的多少；休闲的多少，折射出自由的多少。自由，不可能在天天讲阶级斗争的社会出现；自由，只能随生存质量的提高，渐渐浮出水面。

　　我想把这些心得，去养老院，讲给 88 岁的母亲听，让被住房艰难困扰了后半生的她，在暮年，感觉有清风，吹到耳边。

"竹枝词"里看民俗

我喜欢读"竹枝词"。

"竹枝词",是了解民风民俗的一个途径。但综观文坛,对"竹枝词",特别是近现代"竹枝词",研究甚少,致使那众多"竹枝词",长期端坐"冷板凳"。

"竹枝词"的历史,已有1 000多年。唐人刘禹锡首开其风,之后写"竹枝词"的人渐多,形式以四句、七言为主,内容通俗易懂,常描绘各地风情,犹如风俗画,一幅一幅,在面前展开,帮助人们了解某一地区的历史变迁。到了清代,北京、上海、扬州、杭州等地的"竹枝词",由民歌渐变为文人手中的文学样式,尤以北京、上海两地的作品影响为大。

要研究"京派"文化和"海派"文化,京、沪"竹枝词"不失为两个小小的窗口。

北京的"竹枝词","京"味最足,有杨米人《都门竹枝词》、李声振《百戏竹枝词》、杨静亭《都门杂咏》等多种。如"娶亲若怕费多钱,旧有章程下马筵。莫怪近来年月紧,一天竟叫'小三天'",

记叙了娶亲时为了省钱，三天事放在一天办完的民风。"奶茶有铺独京华，乳酪如冰浸齿牙。名唤喀拉颜色黑，一文钱买一杯茶"，描绘了京华一地喜饮奶茶的风俗。"做阔全凭鸦片烟，何妨作鬼且神仙。闲谈不说《红楼梦》，读尽诗书是枉然"，反映了《红楼梦》在京广为流传的情景。还有一首，对京城一带行医讲究门第、资历的习俗，刻画逼真：

> 满墙贴报博声名，
> 世代专门写得清。
> 怂恿亲朋送匾额，
> 封条也挂御医生。

上海的"竹枝词"，"海"味尤浓，有刘豁公《上海竹枝词》、沈云《广沪上竹枝词》、袁翔甫《海上竹枝词》、余槐青《上海竹枝词》等几十种。请看这一首：

> 露香园址太荒凉，
> 胜地今为演武场。
> 留得一泓池水在，
> 空教词客吊残阳。

颇得唐人韵味，且融入口语，反映了上海地区名胜古迹的沧桑变化。另如"游罢申园复逸园，醉心跑狗靡晨昏。无情电兔常轻狡，多少青年已断魂"，"荆天棘地鸟张罗，行路之难比蜀多。最是声名狼藉处，夜深人静剥猪猡"，揭露了旧上海光怪陆离的状况。而"有声有色电光融，海市蜃楼尺幅中。不是西人工幻术，佛家色相本虚空"，则是 20 世纪 30 年代十里洋场的典型画面。"拜年未了接财神，爆竹通宵闹比邻。鲤尾羊头增价倍，那知穷汉甑生尘"，反映了旧时上海地区年初四深夜、年初五凌晨迎接五路财神的风俗。

"竹枝词"所写，均为几十年、几百年前的风俗。时代在前进，世象在更新。当今社会，长治久安，自有新风俗出现——对优良传统是继承，对陈旧民风作变革。能否涌现一批新"竹枝词"，录下新时代的民风民俗，须待有识之士努力。窃以为，这些新"竹枝词"，不但内容翻新，词汇也要有时代特点，且能自然贴切，朗朗上口。

请君写点"竹枝词"！

明朝皇孙的甜酸苦辣

　　一个小说作者，对色彩的关注，应当不亚于画家。他的眼，有着警觉，当任何一种颜色，新奇的、别致的、峭壁上天生的、夹缝里独有的，冒出了头时，都能心存目想，注意捕捉。

　　基于这样的追求，我在读了庄士敦《紫禁城的黄昏》后，就对里面一位明裔"延恩侯"朱煜勋，发生了兴趣，觉得他的色彩，与众不同，是我浏览过的人物中，存得下记忆的一位。书中的叙述，比较简单，只说他是明代皇室的后裔，前面十几代祖宗，被清朝皇帝安抚，封为"延恩侯"，世袭罔替，传到他，已是卑庶之家，门祚衰落。他读书不多，沉静谦虚，居住陋室，衣衫褴褛；备有名片，印着如下字眼：

　　　　明裔延恩侯
　　　　朱煜勋
　　　　炳南东直门北小街羊管胡同

当逊帝溥仪召见时，他穿着借来的清朝冠服前去。当庄士敦要亲往他家回拜，他以寒舍没有客厅而婉拒。

这是时代转型期，特有的过渡人物。不是清朝皇室后裔过渡到民国，而是明朝皇室后裔过渡到民国——带着清朝给予的甜酸苦辣。明朝、清朝、民国，三重色彩交融的结果，会产生新的色彩，别具韵味。这类明朝皇孙，既无翻本之时代条件，又乏崛出之个人能力，庸耳俗目，孤立寡与，盘点往事，恨少建树，只能孑然孤行，任人掷抛。不难想象，其抑郁愤懑，落魄辛酸，浑涵于言行举止中。文学应当探其阃奥，抉其神态，展现其特殊风貌。而中国的士子，300 年来，多有"晚明情结"，面对明朝倾覆，常常生发陵谷沧桑之叹。这除了受汉室为正统的传统思想影响外，明季史实的惨烈，也是缘由。所以明朝皇孙，在让人鄙薄的同时，也让人同情。

我据此想象开去，设计了这样一个末路皇孙——朱沛哉，让他在北京，追溯家谱，不安简陋，左支右绌，困苦颠连，碰撞是非，生发波澜，忽攀高枝，彰显门面，忽堕谷底，灰头土脸；然后远遁来沪，将上海作为他的活动舞台，或仰首伸眉，跃跃欲试，或心灰意懒，泄沓如故，或情场得势，春风骀荡，或悍妻变脸，秋草逢霜，或洪门主事，声气高昂，或枪支被夺，险境频生。最后，被命运驱赶，在一间"新房"里，同时遭遇三位有瓜葛的女性，情势危迫下，作了不得已的选择——枪杀前妻，结果仓促逃离上海。

这三位女性，一位是轿夫的女儿，一位是师长的女儿，一位是资本家的女儿，也是因为性格不同，色彩不同，能起对比效果，所以摆在一起，与朱沛哉演绎恩怨故事。朱沛哉的活动中心，从北京移到上海，并非是前后两段，活活脱节，互不关联，而恰恰也是着眼于北京与上海色彩的不同，"京派"与"海派"风味的变异，让众多人物搬迁过来，在北方"厮打"，在南方又继续"厮打"，在颜色对比中，完成性格的续接。当然，重点是在上海福禄街——我可没忘：这部小说是我的旧上海"福禄街人物志"之一。

书中写到棉花，也写到棉纺织厂。一则由于，朱元璋重视棉纺织业，在他推动下，"种植棉花从此成为全国性的事业"（吴晗《朱元璋传》第231页）。让他的子孙同棉花有"牵扯"，是切题的，算是子孙活在祖宗的事业里；二则由于，八年前早春时节，我常常从上海虎丘路自己的单位出来，走200余米，左拐弯，来到北京东路"纺织局地方志办公室"，向纺织业的"老法师"们讨教，从旧上海棉纺业的兴衰，到纺织工序、茶会市场、花行掮客、棉花等级，以至20世纪30年代梳棉机上的锡林每分钟180转，都了解个透彻。这样，"福禄街人物志"又因了皇孙朱沛哉，向棉花业开启了窗口，这也让小说多了一重色彩，而不是只限于戏台歌厅、战场情场之类。

文学场地，如今在呼唤多元叙事伦理。"价值选择清晰"说，"反价值选择清晰"说，各行其是。依我看，倒是都可以的，主要在于如何运用。实际上，作家在写作中，更多的是写出来再看，让人物行动起来再看，不好用"清晰""反清晰"的绳墨，拘牵自己。

但无论如何，"人世几回伤往事，山形依旧枕寒流"，这一条思古怀旧的伦理，价值表白应是清晰的。末路皇孙朱沛哉，志非不高，情非不深，却始终难以顺遂，只能怨怼于时代的那道夕阳黄昏了。

契诃夫的手记

    这里没有高楼大厦，有的只是一木一石；这里没有鸿篇巨制，有的只是片言只语。然而，作家对生活机敏的洞察力，闪烁可见——这就是《契诃夫手记》的特色。这本手记曾由贾植芳先生于1953年翻译出版过，后来重新作校改后出版，并由江礼旸先生选译了收录在俄文版《契诃夫全集》中不见于旧刊本的730多个条目，放在书后作为《补遗》。

    对于创作手记，许多中外作家都很重视。茅盾认为，"应当时时刻刻身边有一支铅笔和一本草簿；无论到哪里，你要竖起耳朵，睁开眼睛，像哨兵似的警觉，把你所见所闻所为所感随时记下来"。马卡连柯认为，手记应当记录那些"只能在记忆中保留极短暂的一瞬，然后就会消失的印象"。契诃夫就是这样一位警觉的"哨兵"。他以自己特有的敏锐力，把在生活中看到、听到、想到的都记下来，每条都很短，甚至只有三四个字。其中，有饶有趣味的故事梗概，生动的细节，有特征的人物外貌，有特点的动作，有特色的对话、比喻、警句，稍纵即逝的想法，风景描写等。有的手记很形象，如："有一位小姐，她的笑声，简直像是把她的全身浸在冷水里发出来的一般。"有的手记发人深省，如："人生，看来虽是广大无比的，但是人们仍然坐在他们的那五个戈比上面。"

契诃夫的敏锐力，来自他高度的社会责任感。他认为，一个人没有爱、没有憎，是成不了作家的。他憎恶 19 世纪俄国沙皇的反动统治，又从善良的人民身上窥到了许多美好的东西。他幽默、冷峻、辛辣地讽刺腐朽事物，昭示它们的必然灭亡。请看这些条目："有不少僧侣实际上是个演员。""一个地主在吃饭的时候，得意洋洋地说：'乡间生活真是便宜啊。——鸡也是自己的，猪也是自己的。——生活真便宜啊！'"刻画得多么淋漓尽致，就像医生的解剖刀，剖开了那个长满脓疮的社会！

写手记并不是契诃夫的目的，而是他创作的必要准备。很多手记，实际上就是他那些著名作品的胚胎。从它们那里，我们看到了《套中人》《醋栗》的影子，瞧见了《挂在脖子上的安娜》《樱桃园》的萌芽！契诃夫根据什么铸造出精美的俄罗斯语言？他为什么能成为"没人能比的艺术家"（托尔斯泰语）？这本手记可以帮助我们找到答案。

小路上的梦

弄堂，似小路，平坦如砥，绿荫遮阳。我来这里，拾取童年时的梦。

那是 20 世纪 50 年代吧。夕阳斜斜地投向小路，把冬青树那细碎摇曳的影子像图案一样印在地上。放下了书包的我们，便如撒开了翅膀的雀儿似的，来到这狭长的"乐园"里。我们玩过"造房子"，那是用粉笔在地上画五六个格子，用单脚跳着，踢一个装着沙子的小布袋，踢进几格，就算造了几层。这是练习腿力、耐心和开发智力的好玩意儿。有时，是用一根铁棒，把圆不溜秋的铁圈滚得"咕噜噜"转，坚韧、持久性——这童年时代最欠缺的东西，随着铁圈越滚越远，也越来越增多了。有时，几个孩子每人拉起一只"响铃"，活像杂技团的演员一般，将小路当作舞台"表演"起来，那"嗞呀嗞呀"之声，恰似知了叫。

冬天，料峭的寒流充溢着小路，恰是踢毽子的好场所。五颜六色的鸡毛毽子，似风中小花，从我们的腿下、胯间和背后穿梭来往。这能提高身体的灵敏度。放下毽子，再玩抽打"贱骨头"，"贱骨头"

206

悠悠转动，我们汗水淋漓。夏天，一盆凉水浇散了地上的暑气，搬来桌子，便能玩"五彩游戏棒"：金、银、红、黄、绿、蓝色的小木棒，"哗啦啦"散开，一根根挑出，不准"惊动"其他游戏棒。还有，"斗棒"、打玻璃弹子、飞香烟牌子……儿童游戏的大千世界哟！

今天，对于往来于这条小路的孩子们来说，这一切失传了，好像梦，远远地逝去了。

我不是说，它们都要"活"过来。那些不安全的游戏理应结束"历史使命"。那些随着科学日益昌明而愈显其落后的玩意儿，也应"寿终正寝"——就如现在不会再有孩子像我们当年安装矿石收音机那样。我是说，当我经过小路两边那一间间亮着灯光的窗口，瞧见里面托腮沉思、被繁重的课外作业"拖"得疲惫不堪的孩子时，我深感他们的"八小时以外"过于"板面孔"了，不利于身心的健康成长。其实，花样翻新的游戏，能让孩子们领略生活的乐趣，活跃身心，强身健体，开发智慧。而眼下，有点"游戏荒"。有一次，我外出归来，从一块空地上穿过，忽然，一只象棋子滚到我的脚边。原来是几个孩子实在没什么可玩了，竟用象棋子充当玻璃弹子"打"起来。棋子有棱有角，一滚就停住，有啥好玩？

风　韵

据说，活在盛唐时代的人能大开眼界，因为那时，来自五湖四海的文化都汇在一起，交融、对流。文化一交流，便像花团锦簇般地出彩，沾满露珠般地新鲜。这就叫"大唐风韵"，是唐玄宗开元、天宝年间特有的景象。

上海学者赵剑敏，对"大唐风韵"有精细的描写：长安城"胡风漫浸"，"紧身的胡服，时髦，斑斓，绰约，精神"，"敞露式的胡帽，更到处可见"，"胡服很快又和宽松飘洒的唐服融合"，"犹如万国服装博览会"。除了高度繁荣的诗歌创作，音乐有"中原音乐，西域佛乐，胡部新声，道教音乐"，舞蹈有"西凉乐、高丽乐、百济乐、扶南乐、天竺乐、高昌乐、龟兹乐、疏勒乐、康国乐、安国乐"。"从东罗马传来的消暑建筑，在长安破土动工"，"传统的灯会化成了中西合璧的万花筒"。"酒风盛，酒客多"，"女招待，土的，洋的，风姿各异；酒，土的，洋的，争相媲美"。连李白也醉眼迷离地说："胡姬招素手，延客醉金樽。"

我与赵剑敏先生通电话，共同感叹"大唐风韵"千年一回，难以为继。

一种文化形成"风韵",与特定的时空有关;特定的时空一过,就是克隆技术再发达,也难以复制。

20世纪80年代的中国小说,形成过一种"风韵":作品数量浩如烟海,人物塑造多元复合,题材拓展屡破禁区,主题挖掘穿穴入骨,心理描写五光十色,意识流动天马行空。曾记得,那时节,全国范围内,震撼人心的小说让人目不暇接,得奖的消息连连见诸报端。曹文轩《中国八十年代文学现象研究》一书中所说的"八十年代的中国文学——文学史注定要写上一页",其中首先应当包括小说。但没过几年,小说就风光不再。这也是时空渐移、难以再续之故。

明乎此,我们对当前杂文走下坡路,便可以理解,不应再去苛求了。新时期开初20年,杂文是何等精神!光看看这些篇名,就足以让我们向杂文家鞠躬致敬了:《"还我头来!"》《切不可巴望"好皇帝"》《"娘打儿子"论》《"批判从严"该休息了》《中国为什么出不了李普曼?》《论"攻其一点,不及其余"并无大不当说》《钢铁是怎样没炼成的》《1958年的中国麻雀》《记住1951年》等。但现在,杂文的总体,已失去这20年的风韵。再怎么开笔会动员,再怎么众口纷纭讨论,再怎么言之凿凿表态,杂文依旧围着现状蹒跚。这不是杂文家的个人过失,这是时空变化的结果。有热心的朋友来信,殷忧不已,我以"时空论"解释,劝其免忧。

杂文要繁荣,除非在新的时空里,别出手眼,创造一种新的风韵。这种风韵,或可称为"世纪初风韵",需要在世各位努力了。

淡雅恬适的月光曲

一弯新月，从云间探出头，洒下薄纱似的清辉——读贾平凹的散文集《月迹》，犹如在这新月下信步，一篇篇，韵味别具，就像月光那样，淡雅、恬适。

作者爱月，到了痴迷的地步："我常想，我们这个时代，该是一个月亮的时代呢。""美丽的月亮照着我们所有的人，也给了我们所有人最多的情绪和最多的幻想了。"他咏月、颂月，并像探索月亮的奥秘那样，去探索生活中各种事物的底蕴。正如前人的词句所云："小溪微月淡无痕"，作者的这种探索、追求，是含蓄的，不露痕迹的，表面清淡，却蕴含着内在的美。

这本散文集中的 34 篇作品，大都有这样一种性格。如《对月》，是作者站在月亮这面"高悬的明镜"下的低回吟咏。他同月亮娓娓地交谈，诉说道："万事万物，就是你的形状，一个圆，一个圆的完整啊！""老和少是圆的接笋。""我不求生命的长寿，我却要深深祝福我美丽的工作，踏踏实实地走完我的半圆，而为完成这个天地万物运动规律的大圆尽我的力量。"几行素淡的文字，一个深深的意愿：

月亮，寄托了作者的心。还有些篇章，通篇看来都是平淡的，但这种平淡，不是枯淡，而是"绚烂之极归于平淡"，是苏东坡所谓的"发纤秾于简古，寄至味于淡泊"。《丑石》，写"家门前的那块丑石"，人人讨厌，个个咒骂；而有个天文学家路过此地，发现这是块陨石，"补过天，在天上发过热，闪过光"。作者随即用"丑到极处，便是美到极处"的话，点出了自己的审美趣味，并把一腔敬意，献给了那种"不屈于误解"、寂寞地生存着的人。

晋代文人的笔下，也不乏简淡、玄远的作品，有些篇章由于逃避了当时的社会现实，给人一种"超然世外"之感。而贾平凹《月迹》中的散文，尽管也闲适飘逸，尽管也驰神于青山（如《读山》），忘形于绿水（如《溪》），或孜孜于描述小河边一个神秘怪僻的钓鱼人（如《钓者》），或抒写空山幽谷间那"悠悠忽忽"的箫声（如《空谷箫人》），然而我们却分明感受到，这些并不是《桃花源记》，而是生活的新篇章——同 20 世纪 80 年代息息相通。

是的，月光再恬淡，也依然是火热的太阳光的反射！

偶　感

有时候，真正好看的杂文，是那些具有 80% 真理的杂文。留下 20% 的"摇摆空间"，以激活读者的脑神经，让他们思索、回味，或击节叫好，或摇头叹息。这叫做让读者参与。或曰：尊重读者。

前些日子，吴非发来杂文《师生之间不存在什么"恩"》。吴先生做了多年教师，累了，对学生们感谢"师恩"的繁文缛节，不胜其烦，并看出了其中的某些世俗和虚伪。他写道："我们得重新认识师生关系。其实，教师学生之间不存在什么'恩'。……教师受雇于国家，服务社会，用当今通俗之说，得由纳税人供养，按劳取酬，理顺了这层关系，就可以不去谈什么'恩'。"

文章只具 80% 的真理，其余是牢骚，还有片面之处，但"笔会"仍然刊登了。我甚至以为，这是今年"笔会"难得的好文章。

我们不少作者，常常追求道理的圆满，这当然是对的，但有时何妨预留一点空间，或者说，让道理表达得更率真一些，率真难免片面，片面往往深刻，深刻就会好看，好看才能抓人。

我总是感叹，报纸上的杂文不及杂志上的杂文好看，杂志上的杂文不及书上的杂文好看，书上的杂文不及网上的杂文好看，原因就在于：报纸上的杂文"摇摆空间"最小，而网络留给人们的思考余地最大；就在于办报人认为，报纸是起教化作用的，必须面面俱到才行，而网络更给人一种平等探讨的氛围。

听说，有人读了吴非此文，要写文章商榷。我想，商榷什么呢？总不外是：做教师毕竟是辛苦的，学生要尊敬师长，知恩感恩。

倘是这样，文章就没看头了！

附记：

拙作在《杂文选刊》刊登后，陈长林先生发表《"八二"杂文有看头》一文，给予肯定和补充。文章说："'八二原理'由意大利经济学家维弗烈度·柏瑞图首度提出。其大意为：在任何特定群体中，重要的因子通常只占少数，而不重要的因子则占多数，因此只要能控制具有重要性的少数因子即能控制全局。此原理经多年演化，以'80/20原理'，即80%的价值来自20%的因子，其余20%的价值则来自80%的因子，为管理界熟知。有人将这一原理演绎到现实生活中，归纳出许多'八二'现象，如：80%的穷人仅占有世上20%的财富，20%的富人却占有世上80%的财富；80%的人受人支配，20%的人支配别人；80%的人干事情，20%的人干事业；80%的人今天的事明天做，20%的人明天的事今天做；80%的人改变别人，20%的人改变自己；80%的人生气，20%的人争气等等。如此归纳不能说十分精确，也不好说全无道理，思之挺有趣味。""大路兄看重'八二'杂文，未必是受80/20原理启发，更大可能是缘于自家心得。""'八二'杂文所以比'百分百'杂文好看，奥妙就在那20%'片面的深刻'上。报上屡见'百分百'杂文，固然与作者刻意追求'真理的圆满'有关，更与编辑手下是否留情，老总能否高抬贵手有关。套用刘晓庆名言，可表述为：写'八二'杂文难，编'八二'杂文难，发'八二'杂文难上加难。"

这是在同一方向上，对拙作的延伸。剖陈之当，深获我心。

快乐写作

身患沉疴的女作家陆星儿，不久前忽然提出想改名字。我听了，心情沉重、悲酸，知道医学对她回天乏术，而她求生若渴，抓住一丝机会，争取活下去。我和北京一位研究"姓名学"的专家，不约而同，为她起了一个相同笔画的新名字，陆星儿点头认可，表示今后就用新名字写作。可惜尚未使用，她便去世。

生命将逝，方知自己需要生命，方知激情须"省着点用"，方知"爱这爱那别忘了爱自己"，认识是深刻的、宝贵的，但姗姗来迟了。

我佩服陆星儿在孤苦困厄中，潜心笃志，写出了30余部著作。她的作品，实实在在，但跃动着灵感。她本来可以写得更多、更好，就像一颗星，发出更强的光，但却匆匆陨落。55岁，写30部书。倘将生命匀着用，55岁写15部书，人却健康地活到85岁，那就可以写得更多、更成熟，也更从容。生命账簿上，这是一笔赚钱买卖。

"事从容，有余味；人从容，有余年。"文学写作的状态，是不是可以研究一下呢？熬干生命之油来创作，是一种状态，通常被视为"有拼搏精神"，受到歌颂，譬如周玉明文章中披露的，陆星儿在写

215

《郎平自传》时，"为节约时间，还发明了用酸奶加水果当中饭、晚饭的省事方法"。但从科学的生命观来看，这叫虐待自己，同自己过不去。譬如朱铁志文章中披露的，牧惠在身体疲劳时不睡午觉，拼着命赶写两篇文章，结果猝死在洗澡间。这也叫虐待自己，同自己过不去。而快乐写作，则是另一种状态，它让作者在写作时，既充分体验到精神的自由、创造的快乐，又讲究科学调节，不让作者自身健康受损。快乐写作是作家健康的保护神，是作品的保护神。

我赞成快乐写作。它是放松的，潇洒自如中一样有奇譬罕喻，诗清韵绝；它是细水长流的，"兀兀穷年"是指一生的坚持，并非连续熬夜、透支生命；它是出成果的，就像有些优秀运动员，没有受伤，却得了金牌；它是低调的，虽然也要名利，但决不受缚于名缰利锁，虽然敝帚自珍，但有一颗平常心，认为少了自己的作品，地球照样运转，人们照样上班。

快乐写作，境界颇高。它要求我们重新审视与写作有关的一切。譬如，家庭问题，生活节奏问题，休闲问题，医疗保健问题，人的名字（包括笔名）问题。顺便说回来，陆星儿要求改名没有错，她的名字确实需要改，只是太晚了。世上一切都可研究，人的名字，也有学问存焉。

奇特的眼睛

听过这样一个故事——

多年前，上海某电影院放映影片《柏林情话》。当全场观众都在欣赏遥远的国度里一个动人的故事时，坐在前排边上的一位老伯伯，眼睛却盯住了女主角头上那个"无缝双花"的发型，思索着：这朵"无缝双花"为什么这样美？花做得多大才合适？怎样搭配才比较匀称？可是刚想仔细辨认一下，镜头却一晃而过。影片放完，他快快地站起来，很不满足。过些日子，他又买票看了三遍《柏林情话》，专门研究"无缝双花"。

这位老伯伯，就是上海"南京理发店"的特级理发师刘瑞卿。他平时看东西，常常是"眼不离头发"：一朵白云在天上飘，他看到的却是——头发应该像这云彩一样翻起波浪；一只雄鸡在喔喔啼，他看到的却是——束发的发型应当像雄鸡那样抬起头，显出英武的样子；一个花旦在台上"嗯啊"唱戏，他看到的却是——花旦头上的插花、贴片和珠子既匀称又好看，头发造型也应该来那么一点艺术性！这双奇特的眼睛，使他不断从生活中发现美，从而设计了许多别出心裁的新发型。

还听过一个故事——

有位初学写作的同志，读了一本描写农村生活的小说，觉得农村比城市"色彩"丰富，到处都有生动的情节和曲折的故事可发掘，便特地到农村走了一趟。可是，在那里发现一切都是平平常常的，哪有什么故事啊？他除了哼出几句"啊！晚炊在农舍上空袅袅地飘"之类蹩脚的诗句外，再也"挤"不出"灵感"了。他十分苦恼。后来，遇见一位作家，便叩问其中的秘诀。作家笑呵呵地告诉他："你缺少一双奇特的眼睛！在农村，金黄的稻谷间'藏'着故事，嫩绿的菜畦里'长'着故事，潺潺的小河中'流'着故事，宽宽的晒场上'堆'着故事，就看你能不能发现！搞创作的人要时时瞪大眼睛，从别人看了觉得'没啥啥'的东西中看出'有啥啥'来！"那位初学者听了，忽然想起哪本书上讲过的，契诃夫能从一只茶壶中看出一个有头有尾的故事来，便拍案叹道："作家的眼睛太奇特了！"

眼睛人皆有之，为什么有些人的偏偏这样奇特？这乃是由于他们经常把注意力指向那些同本人职业有关的事物，养成了职业敏感，形成了"专业定向注意"（心理学家语），并努力使这种"注意"为搞好本职服务。眼不离本行，首先是心不离本行！如果三百六十行，行行的"志士仁人"都能把心贴在本行上，把眼"系"在本行上，那么，各行各业就能更快地打开新局面——这便是笔者这双并不奇特的眼睛中所窥到的一点点生活的奥秘。

当铺前

    中国旧时的当铺，是每每在门边的高墙上，写一个繁体的"當"字，论面积，恐怕比一张棕绷床还要大。我小时，当铺已经没了，但斑驳脱落的墙上，依然留存着这个字。我仰视高墙，琢磨这个"當"字何以会如此硕大无朋。

    如今又有当铺了，说明它有生命力，人为的、高腔大嗓的讨伐，并不能掐灭它。只要是人们需要的，时间会让它重新站立起来。

    前些时，我去当铺内小坐，经理赠我名片一张，上面除了姓名、地址、电话，还印有一个烫金的"当"字，论面积，要抵其他字的二十倍。我俯视名片，琢磨这个"当"字何以会如此弹眼露睛。

    当铺喜欢把"当"字写大，好似一叶舟，总爱将篷帆撑足。这也是当铺业改不掉的脾气。

    回想起来，我对旧时的当铺有些认识，靠的是王阿大。记得，儿时的课堂上，有一回老师将我叫起，指指手中那篇茅盾的《当铺前》，说道："背书！"

    于是，我张开沙哑的嗓喉，粗声背着："王阿大乘这机会把自己的包袱凑上去，心里把不住卜卜地跳，'什么！你来开玩笑么？这样的东西也拿来当！'朝奉刚打开了包袱，立刻就捏住了鼻子，连包袱和衣服推下柜台来，大声喝骂……"

"停！"老师插道，"语气再沉重些！要把王阿大的窘于生计和当铺的龇牙咧嘴读出来。"

书，自然是背完了。王阿大被当铺赶出，后来怎样，不得而知。然而多少年来，我是惦挂他的，直到前些时我走进新开张的当铺，仍在牵记他，想从当客中认出他来。可是，我见到的当客，再也不是两眼失神和脸色阴凄凄——那枯树皮式的皱纹，许是被风熨平了。当铺也不再"龇牙咧嘴"，站在柜台前，没有一丝透不过气来的感觉，倒是像王实甫所说的——"浪静风恬"。即使有的当客手头紧巴巴、心情急巴巴、担心所带物品换不成现钱而说话结结巴巴，其窘相也肯定与王阿大的窘相不同。即使在当年同一块高墙上，写上同样大小的繁体字——"当"，仰视一下，也不同了。

感觉上的不同。

这就是历史感！没有这种历史感，上海城隍庙某个小商场的个体户可以随便进入《史记·货殖列传》，某个弄堂里顽梗的"小黑皮"也可任意出入于《汤姆·索亚历险记》。而法国特罗亚《巴黎春梦》中的家庭，之所以有别于英国劳伦斯《儿子和情人》中的家庭，不就是因为前者更具当今时代的历史感——是一个现代资本主义世界极端自由化的"新家庭"吗？

一段奇怪的树根

生活中，有些事情值得细细咀嚼。

比如说，有这样一幅山水画，画中既有嵯峨的青山，又有弯弯的河水，还夹杂着两三间房子。画法简练，下笔遒劲严整。根据用笔的章法和下面的落款，分明是南宋著名画家马远的作品。历时七八百年，说它价值千金也不为过。

不料，当文物收购人员把它从上到下那么扫视一遍，便爽然一笑，断定说："这不是马远的画，是伪造的！"

请看：此画下面的一角上，画着一段斜生的树根，却不见树的影子。画家哪有只画树根不画树木的呢？这便是蹊跷所在了。那么，树木哪里去了？结论是：被人裁掉了！原来，作伪者把一幅画法与马远相近的明朝初年的山水画来个"大改小"，裁取当中画意比较好的部分，伪装成马远的作品。不料考虑欠周，去掉了树木，却忽略了下面还有一截短短的树根。历史上真的马远，是绝不会遗留下这种蹩脚的"马脚"来的！文物收购人员明察端倪，戳穿假象，使文物商店免受经济损失。

这只是一例。古往今来，在书画上作伪，花样还多着呢。不过，其中有个共同点，就是把书画都"打扮"成名家的作品来牟利：无名的冒充有名的；小名家冒充大名家；今人、近人冒充古代的名人。作伪者并不是傻蛋，都知道人们是吃"名气"的，越是名家的东西，越能换大钱。为此，有的采用了字、画、印章全部凭空造假的办法；有的是有摹本的造假，即把名家的作品"纤毫毕现"地描画下来；有的采用"挖款"的手段，比如把一张小名家的画上的落款挖掉，补上同样的宣纸，再把大名家的姓名照其字体描上去，顿时变成一幅大名家的杰作了；有的则采取"套山头"的办法，即把一幅名画里的山和上面的题字分开来，将真字另配上假画，将真画另配上假字，这样，一幅画变成两幅，赚到了两笔钱。

为了使伪造的"名家作品"酷似几百年前的老古董，有人甚至把绢放在潮湿的墙角落里发霉生斑，把宣纸挂在厨房里受油烟熏烤，或用茶叶水把宣纸涂得发黄！还有诸如"雨夹雪""二层夹宣一分二"等，更是闻所未闻。

当然，这些都逃不过文物收购人员的法眼。他们在长期的"辨伪"生涯中，总结出"看墨色""看线条""看画意""看布局""看印泥""看纸张"的吃饭本领。当一位文物收购专家，向我详细讲解这些吃饭本领时，我油然生出敬意。

真与假，像一对冤家，在人类历史中，撕咬着奔来。较劲的双方都是人，都会动脑筋，都想制服对方。"道高一尺，魔高一丈，愈进愈阻，永无止息。"（谭嗣同《仁学》）但一个无可辩驳的事实是——狐狸再狡猾，也斗不过好猎手。

所以这个世界，麻烦尽管多，希望却不会破灭。